궁극의 쉐프 3

가프 장편소설

초판 1쇄 찍은 날 § 2016년 6월 7일
초판 1쇄 펴낸 날 § 2016년 6월 14일

지은이 § 가프
펴낸이 § 서경석

편집책임 § 조현우

펴낸곳 § 도서출판 청어람
등록번호 § 제387-1999-000006호
등록일자 § 1999. 5. 31
어람번호 § 제1-2448호

주소 § 경기도 부천시 원미구 부일로 483번길 40 서경B/D 3F (우) 14640
전화 § 032-656-4452 팩스 § 032-656-4453
http://www.chungeoram.com
E-mail § chungeorambook@daum.net

ⓒ 가프, 2016

ISBN 979-11-04-90833-0 04810
ISBN 979-11-04-90796-8 (세트)

궁극의 쉐프

Ultimate chef

쉐프

가프 장편소설

FUSION FANTASTIC STORY

3

도서출판 청어람

CONTENTS

1장

The 코리안

"쉐프!"

장태가 쉼터로 돌아오자 손리가 조용히 다가왔다. 주방에는 세준의 모습도 보였다. 세준은 팬에 뭔가를 부치고 있었다. 가만히 보니 생감자를 간 것이었다.

"배고파?"

장태가 다가섰다.

"형!"

"감자부침?"

"미안해요. 괜히 이것저것 입맛이 당겨서 허락도 없이……."

감자!

속이 하얀 식품. 아래위로 다 비워냈으니 담백하거나 칼칼한 맛이 당길 수순이었다.

"내가 해줄게."

장태가 팬을 받아 들었다.

"……."

"미안해하지 않아도 돼. 이건 쉐프의 일이니까."

"……."

"하려던 요리가 뭔데?"

"요리는 아니고 그냥 노릇하게 구워먹는 거요. 한국에 있을 때 엄마가 종종 해주던 거거든요."

"아무것도 안 넣고?"

"네……."

"좋은 엄마셨네."

치이이!

감자 간 걸 넣자 팬이 맛있는 몸살을 앓았다.

"엄마보다는 할머니가 더 좋았어요."

"……?"

세준의 말에 장태가 돌아보았다.

"할머니가 요리도 잘하셨거든요. 특히 돼지양념갈비하고 수정과, 단팥죽……."

"단팥죽이 먹고 싶냐?"

"아뇨. 그냥……."

"솔직히 말해봐. 당기는 거 다 보인다."

"사실 전에는 먹기 싫어서 도망치고 그랬는데 갑자기……."

"해보자!"

장태가 나섰다.

"예? 저는 그냥 해본 말이에요."

"아니, 내가 필요할지 몰라서 그래."

〈단팥죽과 수정과〉

둘 다 지극히 한국적인 음식이었다. 그러면서 잊고 있던 것들. 프랑스와 이탈리아, 그리고 미국식 음식에 익숙해지면서 한국적인 음식을 까맣게 잊은 장태였다.

그럴 수밖에 없었다. 미국의 유럽의 식탁은 그들 방식으로 채워져 있다. 한국식이 파고들 여지는 많지 않았다.

하지만 장태, 이제는 조금 여유가 생겼다. 특급 요리에 대한 레시피와 수련은 스승에게 전수받았고 그것을 적용할 능력도 갖추었다.

그렇다면!

스승의 말마따나 한국적인 맛도 '슬슬' 가미해 볼 찬스였다.

'역시⋯⋯.'

괜히 스승이 아니었다. 괜히 가난한 자들의 성자가 아니었다. 가장 긴요한 것을 찔러주는 것. 장태에게 그 이상의 스승은 없었다.

다행히, 단팥죽과 수정과 재료는 구하기 쉬웠다. 한인 상가에 죄다 구비되어 있었던 것.

일단 단팥죽부터 시작했다.

1) 붉은 팥은 깨끗이 씻어 돌을 골라내고 건진다.

2) 쌀을 씻어 1─2시간 불렸다가 소쿠리에 건져 둔다.

3) 찹쌀가루에 소금 간을 한 물로 반죽하여 동글동글 새알을 빚는다.

4) 팥을 냄비에 담고 팥이 잠길 정도의 찬물을 부어 불에 끓인다.

5) 끓어오르면 바로 물을 따라 잡내를 버리고 새 물을 담아 팥알이 터지도록 푹 삶는다.

6) 삶은 팥이 뜨거울 때 체에 쏟아 나무 주걱으로 으깨며 팥물을 받고, 팥 껍질은 걸러낸다.

7) 받은 팥물을 냄비에 넣고 눌지 않도록 나무 주걱으로 저어가며 은근하게 끓인다.

8) 팥물이 끓으면 불린 쌀을 넣어 쌀알이 퍼질 때까지 나무 주걱으로 저으며 끓인다.

9) 쌀알이 푹 퍼졌을 때 새알심을 넣어 위로 동동 떠오르면 팥죽 완성.

10) 그릇에 퍼서 소금이나 설탕을 함께 낸다.

쌀을 불리는 두 시간 동안에 수정과를 만들었다. 장태의 수정과는 사과 수정과였다. 곶감이 마땅치 않았기 때문이다. 모든 요리는 찬물로 시작했다. 가끔 시간이 촉박하면 뜨거운 물을 쓰기도 하지만 맛이 변한다.

무릇 뭉긋한 맛을 원할 때는 찬물로 끓이는 게 옳았다. 맛있는 밥도 찬물이 원칙이다.

'곶감 대신 사과.'

사실 첫 시도는 아니었다. 사과로 김치도 담근다. 이따금 한국식 음식이 그리울 때 장태는 이런 식으로 대리만족을 했다. 왜냐면 외국에서 한국의 재료를 맞춤하게 사는 게 쉽지 않은 까닭이었다.

"우와, 맛이 스페셜 짜릿해요!"

수정과를 맛본 슌리가 반색을 했다.

"10점 만점에?"

"10점!"

"장난치지 말고."

장태가 다시 물었다.

"진짜예요. 산뜻한 사과향에 계피향이 감돌면서 개운한 맛이 난다니까요."

"세준이 너는?"

장태의 질문이 세준에게 날아갔다.

"저도 좋은데요? 곶감 수정과에 못지않아요."

"일단 땡큐!"

장태는 바로 단팥죽을 퍼 담았다. 뭉긋하게 끓여낸 단팥죽은 푸근하고 은은한 식감을 발산하고 있었다.

"흐음, 이건 할머니 단팥죽에 못지않네요."

시식을 한 세준이 고개를 끄덕였다.

"저는 한 그릇 더요!"

슌리도 입에 맞는 모양이다.

"특히 이게 씹는 재미가 있어요."

슌리가 새알을 하나 집어 들고 소리쳤다. 순간, 슌리 목의 목걸이가 장태 눈에 닿았다.

별!

여러 가지 색으로 짠 실에 꿰인 별 모양의 은장식이 반짝거리고 있었다.

'별이라……'

장태는 단팥죽 통을 바라보았다. 거기 동동 뜬 새알들이 별처럼 보였다. 장태는 하얀 새알의 색을 바꾸어 상상했다.

저게 노랑색이라면.

초록이라면.

아이들은 총천연색을 좋아한다. 단팥죽 안에는 어떤 색깔의 새알도 넣을 수 있다. 굳이 찹쌀일 필요도 없었다.

'그렇군!'

장태의 입가에 미소가 번져 갔다. 진리는 오늘도 장태 곁에 있었다. 너무 가까워 잘 보이지 않을 뿐.

영감을 잡은 장태, 커다란 그릇을 가져와 팥죽을 가득 퍼 담은 후에 손리 앞에 자리를 잡았다.

"그, 그걸 다 먹으려고요?"

놀란 손리가 물었다.

"왜? 안 되냐?"

"그럼 나도 더 먹을래요."

"나도!"

손리와 세준은 서로 질세라 단팥죽 통 앞으로 자리를 잡았다.

"우와, 얇은 막이 더 맛난 거 같은데요."

미리 퍼 둔 단팥죽을 차지한 손리가 소리쳤다. 단팥죽 위에 생긴 얇은 막. 그것만 살살 걷어 먹는 맛. 막이 혀 안에 붙으며 살살 녹아버리는 맛. 사실 그게 단팥죽의 매력인지도 몰랐다.

둘은 남은 단팥죽을 박박 긁어 먹었다. 간만에 맛본 맛난 특식이었다.

"더 먹고 싶으면 말해. 뭐 생각나는 음식 있으면 직접 해먹어도 되고……."

장태, 수정과를 마시며 세준에게 말했다.

"이것만 해도 완전 땡큐 고마워요."

"속은 어때?"

"먹고 싶은 걸 먹었더니 포만감에… 상큼하네요. 온몸의 수십 년 된 때를 수세미로 박박 밀어낸 느낌……."

"다행이다. 난 네가 중간에 포기하면 어쩌나 했는데……."

"나도 다행이에요. 형 같은 사람을 만나서……."

"몸 많이 축났을 텐데 당분간은 강 선생님 방 쓰며 잘 챙겨 먹어. 지금 네 건강이 말이 아니거든."

"그래도 돼요?"

"선생님은 안 계시니까. 손리도 괜찮지?"

장태는 허락의 하명을 손리에게 미루었다.

"한 가지는 정해야죠."

"뭘?"

"그럼 준 형이 내 밑이에요?"

"응?"

"내가 여기 꼴등인데 형이 들어오면 내 밑이냐고요?"

손리, 당찬 계산을 들고 나왔다.

"손리, 세준은……."

"그래. 네 밑으로 하자. 잘 부탁해."

장태의 말이 끝나기도 전에 세준이 승복을 하고 나섰다.

"헤헷, 그렇다면야……."

숀리의 입이 귀밑까지 쭉 찢어졌다.

"가서 쉬어. 난 또 할 일이 있어서 말이야."

장태가 세준에게 말했다.

"일 있으면 도와드릴게요."

"조금 더 쉰 후에……."

"그냥 아무것도 안 하고 있으면 괜히 다른 생각이 나서……."

세준의 미소가 쓸쓸해지자 장태, 아차 싶었다. 마약의 앙금을 쓸어냈지만 완전 퇴치라고 보기는 힘들었다. 그렇다면 사람 옆이 좋았다. 뭔가 할 일이 있는 게 좋았다.

"그럼 일단 양파나 벗기든지."

"형!"

"응?"

"사람들이 저를 두고 하는 말 있잖아요……."

"그런 건 나중에 차차 해도 돼. 우리 어제 오늘 얼굴 본 거 아니잖아? 살갑게 지내지는 못했지만……."

"그러네요."

"그럼 양파 벗기기 실시!"

장태는 두 손으로 숀리와 세준의 등을 밀었다.

"아!"

주르륵!

잠시 후에 세준의 눈에서 샘물이 밀려 나왔다. 그러자 숀리가 그의 눈 아랫 눈꺼풀에 양파즙을 묻혀 버렸다.

"왜 그래?"

세준은 움찔했지만 잠시 후에 이유를 알았다. 신기하게도 눈물이 잦아든 것.

"양파 까면서 눈 매운 데는 그게 직빵이야."

이유는 장태가 알려주었다.

"어, 진짜 그런 거 같은데요?"

"곧 멋있어질 거고."

"멋있어진다고요?"

"세준이도 눈이 큰 편은 아니잖아. 이탈리아 가봤어?"

"예. 미국에 처음 온 여름방학 때……."

"여자랑?"

"예……."

세준의 미소가 쓸쓸해졌다. 이별했다는 증거였다.

"거기 여자들 예쁘지."

"뭐 그렇기는……."

"그게 다 양파 덕분이야."

"예?"

"이탈리아에서는 말이야, 눈이 작은 여자에게 양파를 많이 썰게 하거든. 그럼 눈물을 많이 흘리겠지? 그러다 보면 눈이 커져서 예뻐진대."

"에… 순 뻥……."

"진실은 나도 모르지만 일리는 있잖아? 눈물 많이 흘리면 눈이 촉촉해서 예뻐 보일 테니까."

"그러고 보니 이것도 재미있네요. 바스락바스락 한 겹씩 벗겨내 하얀 속살을 꺼내는 거. 새사람을 만드는 것도 같고……."

"이런 거 처음이지?"

"예. 할 줄 아는 거라고는 컴퓨터밖에 없었어요."

"전공?"

"예……."

세준의 표정이 어두워진다.

"말하기 싫은 건 안 해도 돼. 노숙자 좋은 게 그거잖아."

"형은 요리 유학 온 거예요?"

"말하자면 그러네. 공부 제대로 하러 온 친구들이 들으면 유학도 아니겠지만……."

"공부 그거 별거 아니에요."

"어이구, 그런 소리 마라. 나 사실 알고 보면 우리 아버지가 한의사 되라는 등쌀에 못 이겨서 튄 거야."

장태가 손사래를 치며 웃었다. 아주 틀린 말도 아니었으니 그렇게라도 세준의 경계를 밀어내고 싶었다.

"그건 저도 마찬가지예요."

"그래?"

"우리 아버지는 한국에서 변호사 하거든요. 저보고도 로스쿨 가라는데……. 컴퓨터 열심히 만지다 내신 죽 쑤고 수능 갈아 마시고, 엄마 등쌀에 떠밀려 태평양 건넜어요."

"오, 그럼 우린 나름 동병상련?"

"형하고 비교할 깜냥도 못 돼요. 겨우 허접한 지역 대학 들어갔는데 강의 때도 내내 컴퓨터로 딴짓만 했거든요."

"그럼 컴퓨터를 전공하지 그랬어?"

"입학 수속은 부모님들이 밟은 거라서요. 그리고 컴퓨터도 제대로 배운 것도 아니고……. 뒷구멍 장난질밖에 못해요."

"역시 해커로군요?"

듣고 있던 손리가 빼액 소리쳤다.

"해커가 아니라 보안. 그리고 지금은 아니다!"

세준이 흐린 미소로 응수했다.

"아, 나 그거 배우고 싶은데……. 형, 내가 요리 가르쳐 줄게 해킹 좀 알려줘요."

손리, 급 친한 척 세준 곁으로 다가와 앉았다. 그걸 본 장태의 손가락이 퉁, 꿀밤을 작렬시켰다.

"아야!"

"네가 누굴 가르쳐?"

장태가 웃으며 핀잔을 주었다.

"다른 건 몰라도 폼 수플레는 잘하잖아요?"

하긴!

그건 인정.

"쳇, 쉐프도 처음에는 잘 못했다면서……."

손리의 귀여운 항변이 이어진다.

그것도 인정!

이래도 좋고 저래도 좋았다. 한식에 대한 아이디어도 얻었고 세준의 상태도 좋아졌다. 그러니 더 바랄 게 뭐가 있으랴!

다시 주방 앞으로 다가선 장태, 이번에는 시금치를 삶기 시작했다. 호박도 가져오고 비트에 딸기도 챙겼다.

장태가 만든 건 오방색 새알이었다. 각각의 물을 들여 새알을 빚어내자 정말이지 무지개 여의주를 올려놓은 것만 같았다.

"어떠냐?"

시식품이 나오자 장태가 손리를 불렀다.

"우와, 쏘 뷰리플!"

"가서 아론하고 친구들 좀 끌고 와라."

"걔들 주려고요?"

"왜? 시샘?"

"쳇, 고생한 나는 하얀 새알만 주시고……."

"너는 연구자잖아? 원래 연구자는 고생만 하는 거야."

"그건 마음에 드네요. 연구자라……."

"그럼 실시!"

장태가 손리 등을 밀었다.

아이들이 오는 동안 장태는 팥죽을 담아냈다. 각각의 팥죽은 구성이 달랐다. 우유를 넣은 것도 있었고 크림을 더한 것, 혹은 꿀이나 버터를 첨가한 것도 있었다. 한국적인 것도 중요하지만 먹는 사람은 미국 아이들. 실은 그게 더 중요했다.

10명 아이들의 반응에 따라 배합을 결정했다. 베이스는 팥. 100% 한국적 단팥죽은 아니지만 나쁘지 않았다. 맛이란 변하는 거니까. 이렇게라도 한국적 요리를 선보일 수 있는 게 어디란 말인가.

레시피 완료!

배합 결정이 끝났다.

—오방색 새알이 올라간 단팥죽!

—거기에 더해 사과 수정과!

한국적인 두 가지 아이템이 겸비되는 순간이었다.

　　　　　＊　　　　　＊　　　　　＊

　비가 내리기 시작했다.

　비는 노숙자들에게 완전 쥐약이다. 갈 곳 없는 사람들, 그들에게 비는 처량함의 상징이자 빈곤의 확인 사살에 속했다.

　장태는 2주방에 있었다. 톰과 함께 최종 메뉴를 점검하고 또 점검하는 중이었다.

　헤븐 LA.

　그 행사가 얼마나 중요하고, 또 얼마나 가치가 있는지는 생각지 않기로 했다. 장태가 생각하는 건 단 하나였다.

　'고아 아이들……'

　모처럼의 관심과 사랑에 기대가 클 아이들. 어떻게 하면 그들에게 맛난 하루를 선보일까 하는 생각에 포커스를 맞추었다.

　오전에는 톰과 함께 행사 장소 현장을 돌아보고 왔다. 주방 상황과 동선을 파악하기 위해서였다. 주방은 훌륭했고 주방 기구도 모자라지 않았다.

　"스톡부터 준비해 둬야지 않겠나?"

　행사 장소 사진을 보던 톰이 물었다.

　"그러네요. 나머지 재료들 점검하면서……."

　"그다음에는 스태프 배치야. 하루 전에는 총출동해서 리허설도 해야 할 테고."

　"예……."

　할 일은 새록새록 생겨났다. 한두 명이 아닌 손님들, 더구나 조금의 실수도 있어서는 안 될 일. 머릿속에 그림은 그려지지만 마음이 앞서나가니 부담이 아닐 수 없었다.

"서빙에 신경을 써야 할 걸세. 그저 열심히 뛰어다닌다고 될 일이 아니야."

"알고 있습니다."

장태는 생각했다.

—최악의 음식과 최상의 서비스!

—최상의 음식과 최악의 서비스!

사람들은 어떤 걸 더 나쁘게 생각할까? 뜻밖에도 후자였다. 이건 로마의 레스토랑에서도 겪은 일이었다. 그곳 단골이었던 글로벌 피혁 사업가가 한 말이 살갑게 다가왔다.

"맛없는 음식은 고작 입맛을 망치지만 불친절한 서빙은 마음을 망칩니다. 그건 치명적이죠."

장호는 그 말에 격하게 공감한다. 실제로 좋은 요리를 선보이면서도 종업원들 실수로 손님 기분을 망치는 일은 드물지 않았다.

서빙 팀을 불러야 하나?

아니면 러셀 킹에게 SOS를 날려야 할까?

고민하지 않을 수 없는 일이었다.

"한국적인 아이템을 한두 개 반영키로 했다고?"

"예……."

"기왕이면 서빙에도 응용해 보면 어떨까?"

"고려해 보죠."

선뜻 대답하지 못했다. 서빙 팀은 아직 미정인 까닭이었다.

"나는 우리 손 쉐프 유니폼부터 마련해야겠군. 지금 그 옷은 그런 자리에 어울리지 않아."

"공감!"

돌연 뒤쪽에서 아드리안의 목소리가 들려왔다. 언제 온 걸까? 그가 문 앞에서 웃고 있었다.

"행사 끝날 때까지는 메뉴 구성과 연습으로 바쁠 테니 여기 배식 일은 나한테 맡기게나."

톰은 장태의 어깨를 툭 쳐 주고 나갔다.

"바쁘군."

아드리안이 톰의 자리로 다가왔다.

"괜찮습니다. 혹시 몰라 점검을 하는 거거든요."

"그럼 손님 만날 시간이 되려나?"

"손님요?"

"한국 사람들이 찾아왔는데……. 자네가 바쁜 거 같아서 일단 대기시켜 두었네."

"한국 사람이라면?"

"LA 한인회라는데 꼭 좀 보고 싶다는군. 시간이 되면 나가보고 아니면 그냥 있게. 내가 대충 돌려보낼 테니까."

LA 한인회.

한인회와 별 관련은 없지만 매정하게 굴기에는 마음이 켕겼다.

"만나볼게요."

"그러려나?"

아드리안이 웃었다.

손님은 두 사람이었다. 장년의 남자와 20대 초반의 여자…….

"손장태 쉐프님!"

우산을 쓰고 나가자 비가림막 밑에 있던 두 사람이 반색을 했다.

"저를 찾아오셨다고요?"

"예, 한인회 부회장 이태구입니다. 여기는 우리 교포 학생 박상미……."

"처음 뵙겠습니다."

여자도 인사를 해왔다. 미국식 억양이 강한 걸 보니 교포 2세나 3세쯤 되어보였다.

"일단 들어가시죠."

반가운 마음에 2주방을 가리켰다. 초라한 곳이지만 비가림막 아래보다는 나을 거 같았다.

"어이쿠, 이런 데서 요리를 하시는군요?"

주방에 들어선 부회장이 소탈하게 웃었다. 장태는 커피를 한 잔씩 내다주었다.

"그런데 무슨 일로?"

"무슨 일이라뇨? 이번에 큰일 하셨는데 당연히 찾아와야죠. 덕분에 우리 한인회 위상이 확 높아졌습니다."

"아, 예……."

"이거 진작 서로 알고 지냈어야 했는데, 다 제 잘못입니다. 교포들 동향 파악도 제대로 못하고 있으니……."

"……."

장태는 조용한 미소로 경청했다. 외국에서 조심할 것 중의 하나가 한국인이었다. 같은 핏줄이 어쩌고 하면서 기부를 강요하거나 등을 치는 사람들이 있었다.

"아무튼 진짜 대단하십니다. 방송 보면서 역시 우리 한국인은 위대하다는 생각을 했다니까요. 아, 솔직히 다른 어느 민족이 그런 일을 할 수 있겠습니까?"

"……."

"그건 그렇고……."

폭주하던 부회장의 말이 자리를 잡기 시작했다. 눈치를 보니 뭔가 부탁이 있어서 온 모양. 반가운 마음이 조금씩 내려앉을 때 여학생이 입을 열었다.

"실은 어려운 부탁이 있어서 왔어요."

'역시…….'

"저는 캘리포니아 공대에 다니고 있어요."

"……."

"실은 부모님이 사업에 실패해서 형편이 좀 어려웠고요."

허얼!

장학금 뜯어내려고?

쓴 입맛이 돌 때 그녀의 뒷말이 이어졌다.

"저처럼 형편이 어려운 학생들에게 장학금을 주던 할머니가 계신데 지금 몸이 아주 안 좋으세요."

"……?"

"죄송하지만 손 쉐프님. 그 할머니에게 식사 한 끼만 대접해 주실 수 없으실까요?"

'식사?'

"초면에 이런 말씀드리면 안 되는 거 알지만 할머니가 오래 사시지 못할 것 같아요. 늘그막에 혼자 되셔서 향수병이 깊으신데 처희는 아무것도 해드릴 게 없네요. 죽도 쑤어드리기도 해봤는데 워낙 솜씨도 없고……."

여학생 눈가에 이슬이 잡혔다. 그 이슬이 장태의 경계심과 불쾌함을 살며시 지우고 있었다.

"암 환자신가요?"

장태가 물었다.

"아뇨. 노환이세요. 할머니 말로는 당신이 움직이는 존스홉킨스 병원이라고……."

노인들은 상당수가 병을 달고 산다. 그야말로 움직이는 종합병원…….

"바쁘신 줄 알지만 마침 LA에 계시고, 노숙자들을 위해 봉사하신다기에 용기를 내서 왔어요. 할머니가 저희들에게는 하느님 같은 분이시거든요."

"……."

"우리 상미 학생은 고등학생 때부터 생활비와 학비를 지원받았습니다. 덕분에 대학 진학을 할 수 있었고요."

부회장이 거들고 나섰다.

"부탁드려요. 도와만 주시면 고마움 잊지 않을게요."

여학생은 아주 간절했다.

"저한테 정확하게 뭘 바라는 거죠?"

장태가 물었다.

"다른 거 없어요. 할머니 돌아가시기 전에 따뜻한 밥 한 그릇이라도 챙겨드리고 싶어서요. 그렇게라도 은혜에 보답하고 싶어서……."

상미의 눈이 조금 더 젖어갔다.

"이미 죽도 쑤어드리고 애를 써봤다면서요? 그렇다면 내가 가도 소용이 없을지도 모릅니다."

"알아요. 하지만 저렇게 사위어 가는 분을 그냥 두고만 보는 것도……."

"……."

"도와주세요. 도와주시면 저희도 어떻게든 보답을 해드릴게요."

"어떻게 말이죠?"

"필요하면 여기 와서 배식 서빙을 할 수도 있고 노숙자들을 위해 공연을 할 수도 있어요. 할머니에게 도움을 받은 학생이 미국 전역에 1,000명도 넘거든요."

천 명!

그 숫자가 장태를 흔들었다. 그렇다면 그 할머니 아주 오래전부터 아이들을 도와온 것 아닌가?

"할머니 지금 병원에 계신가요?"

"자택에 계세요. 집에서 죽고 싶다며 그저 운명할 날을 기다리며……."

"……."

장태는 잠시 침묵에 잠겼다. 보아하니 시간이 많은 사람은 아니었다. 나아가 거리도 그리 멀지 않은 상황.

괜히 조급해지는 마음도 달랠 겸 나쁘지 않을 것 같았다. 타국의 노숙자들도 돌보는 몸, 같은 핏줄의 할머니에게 요리 한 접시 대접하는 데 인색하고 싶지 않았다.

"차 가져왔죠?"

장태가 부회장을 바라보았다.

"예."

"시동 거세요!"

장태의 말과 함께 상미의 표정이 모란꽃처럼 활짝 피어올랐다.

*　　*　　*

양숙자 할머니!

그녀는 햇빛이 잘 드는 테라스에 나와 있었다. 간병인이 끄는 휠체어에 앉은 그녀의 눈은 애상으로 풀려 있었다.

손등에 썩썩 일어난 푸른 핏줄과 나무등걸처럼 뻣뻣해진 얼굴의 피부. 세월이 치열하게 녹아든 그녀의 외모가 마음을 아프게 했다.

세월!

그 어느 한때는 저기 선 박상미처럼 아름다운 꽃이었을 할머니…….

"할머니! 저예요, 상미!"

상미가 다가서 할머니의 손을 잡았다. 할머니는 눈과 입술을 꼼지락거리지만 말은 하지 않았다. 소박한 정원과 잔디, 담장을 따라 피어오른 꽃과 함께 평생을 소탈하게 산 증거들이 곳곳에 엿보였다.

"저분이 쉐프 이거예요. 할머니 뭐 먹고 싶은지 말만 하세요. 다 해드릴 수 있대요."

상미는 장태를 돌아보며 엄지를 세워 보였다.

할머니의 시선은 굳이 움직이지 않았다. 그저 빈 허공을 더듬고 있을 뿐.

"아침 드셨어요?"

상미의 시선이 간병인에게 옮겨갔다.

"수프 조금요. 입에 대는 둥 마는 둥……."

간병인이 대답했다.

"뭐 먹고 싶은 거 없어요?"

상미가 재차 묻자 할머니는 그녀의 손을 가볍게 쓰다듬었다. 그게 대답의 전부였다.

장태는 주방으로 들어섰다. 테이블에는 이것저것 식재료가 준비되어 있었다. 오는 길에 부회장과 상미가 산 식료품들이었다.

"도와드려요?"

주방으로 따라온 상미가 물었다.

"생각할 시간이 좀 필요하거든요."

"네. 그럼 방해하지 않을게요. 필요한 거 있으면 언제든 불러주세요. 저 이래 봬도 특급 호텔 서빙 경험자예요."

상미는 환한 미소를 남기고 나갔다.

여든 살이 넘은 할머니!

노환으로 온몸의 기력이 내려앉은 사람.

'식성과 식욕의 오방색은…….'

셧 다운!

장태가 읽어낸 식성의 오미.

그녀의 맛 욕구는 하나도 엿보이지 않았다. 조금 남은 건 칼칼한 맛과 담백한 맛에 대한 흔적들. 그러나 그것도 그저, 다른 오미에 대해 비교 우위일 뿐이었다.

하지만!

장태는 실망하지 않았다. 오방색에만 기대 요리를 해온 건 아니었다. 그 이전에도 장태는 오래 요리를 했고 수많은 수련과 실전을 경험했었다. 게다가 요리란, 꼭 입으로만 먹는 게 아니었다.

'원래는 강원도 영월이라는 곳에 사셨는데 16살에 부모님 따라 미국으로 오셨대요!'

장태 뇌리로 상미가 제공한 정보가 스쳐 갔다.

그 정보를 따라 많은 할머니들이 줄을 이었다.

조리고등학교 때 만났던 복지원 할머니들. 오갈 데 없는 분들이었다. 사실 처음에는 딱 하루. 하루만 배식 봉사를 하고 말 생각이었다. 그러나 그 하루가 무한 분열을 하며 반년을 보내고 말았다.

시든 꽃, 할머니들!

할머니들이 이구동성으로 한 말은 이랬다.

〈소고기국에 푸진 이밥 한 그릇.〉

그 옛날에는 쌀밥이 이상향이었단다. 소고기국이 최고의 요리였단다. 웬만큼 사는 사람이 아니면 그저 꿈에 불과한 밥상이었기에 늙어서도 그걸 잊지 않고 있었다.

더불어……

〈국!〉

그건 노인들에게 필수였다. 노인들은 국에 밥 말아먹는 걸 즐겼다. 치아 때문일까? 아니, 진짜 이유는 침 때문이었다. 나이가 먹으면 몸이 건조해진다. 침샘도 마른다. 침이 잘 나오지 않는 것이다. 그래서 먹다가 잘 흘린다. 그래서 음식을 먹으면 컥컥거린다.

유동성이 없는 식사. 그건 노인들에게 애로 중의 애로 사항이었다.

장태, 창으로 나와 다시 한 번, 테라스의 할머니를 바라보았다. 천상의 요리가 내려오면 얼마나 먹을 수 있을까? 그렇다고 해야 기껏 서너 숟가락일 것이다.

그렇다면!

장태의 마음에 결심이 섰다.

'입이 아니라 눈.'

눈이 아니면 마음이다.

장태가 골라낸 재료는 아주 간소했다.

쌀, 냉동 꽁치, 쇠고기 양지와 안심, 뼈 약간, 무, 건나물 두 가지, 김치.

우선 양지 육수가 시작이었다. 소뼈를 살짝 구운 후에 양지와 함께 넣고 끓였다. 일반 스톡을 낼 때처럼 당근, 샐러리, 양파가 아니라 다른 걸 넣었다.

대파의 뿌리를 오븐에 말린 후 양파 껍질과 함께 첨가한 것. 한국에서 더러 쓰는 방법이었다. 물론 찬물로 시작하는 건 기본.

다음으로 꽁치를 해동시키고 건나물을 불렸다. 나물은 한국

수입, 김치는 중국 수입산이었다. 쌀에는 참기름 몇 방울을 떨구고 위에 다시마 한 장을 올렸다. 이건 일식에서 배운 스킬이었다. 이렇게 하면 밥이 더 찰지고 구수한 맛을 풍긴다.

육수가 어느 정도 우러나자 오늘의 메인 요리에 돌입했다. 바로 소고기 무국. 어쩌면 지나치리만치 단순한 아이템일 수도 있었다. 하지만 장태는 할머니들의 정서를 믿었다. 이 할머니 역시 지난하게 어려운 한국에서 미국으로 건너왔기 때문이었다.

'올게 쌀과 여수 산 무라면 더 좋을 걸……'

막상 한국식 요리를 하려니 재료가 아쉬웠다. 더구나 마지막 만찬(?)이 될지도 모르는 할머니였으니……

일단 안심을 먹기 좋게 썰어 팬에 투하했다. 기름을 두르고 볶기 시작. 약간의 마늘과 후추, 소금 등 한국적인 양념으로만 잡내와 간을 잡았다. 고기가 어느 정도 익었을 때 무와 육수를 붓고 불을 올렸다.

톡톡!

그사이에 꽁치를 오븐에 넣고 타임을 세팅했다. 밥도 곧 완성이 될 판. 이제 남은 건 나물을 볶거나 무치면 끝이었다.

나물!

보통 네 가지 방법으로 무쳐낸다.

소금과 참기름으로 간하기.

된장으로 간하기.

간장으로 간하기.

고추장으로 간하기.

갖춰진 건 소금과 참기름뿐. 하지만 두 가지를 다 같은 맛으로 간하는 건 성의가 없어 보였다.

'뭐가 없나?'

장태가 주방과 테라스를 돌아보았다.

"뭐 필요하세요?"

간병인이 물었다.

"아, 혹시 할머니가 쓰시던 코리아 스파이스가 있나 해서요."

"코리아 스파이스?"

"아세요?"

"있긴 있었는데……."

간병인이 말끝을 흐렸다.

"무슨 문제가 있나요?"

"그게 아니고… 테라스에 코리아 소스가 있었는데 잘 드시지도 않고 먼지만 쌓였길래 내가 치워 버렸어요."

"그거 좀 볼 수 있을까요?"

장태가 말하자 간병인이 앞서 걸었다. 그녀가 멈춘 건 집 뒤의 담장이었다.

"이거요."

'뭐지?'

장태의 눈덩이에 힘이 들어갔다. 먼지를 털어내고 뚜껑을 열었다. 잘 열리지 않았다. 수십 년을 열지 않은 것인지 뚜껑이 용액과 더불어 떡이 되어버린 것.

끙!

물을 적신 수건으로 감싸 겨우 열었다. 그러자,

"……!"

안에서 치고 나오는 냄새에 눈이 휘둥그레지는 장태. 세월 속에 숙성되고 또 숙성된 그건… 바로 간장이었었다.

"……?"

손가락을 넣어 맛을 본 장태, 숨이 막힐 것 같았다. 짭쪼롬하고 농후하게 익은 간장. 보기 드문 씨간장이었다.

'이럴 수가?'

제대로 된 씨간장은 한국에서도 찾아보기 어려운 명품. 차마 믿기지 않아 한 번 더 손가락을 찍었다.

꿀꺽!

묵직하면서도 깊고 깊은 뒷맛이 짜릿하게 목을 타고 넘어갔다.

씨간장!

꼴깍!

무엇으로도 흉내낼 수 없는 깊은 맛.

그 생각에 따라붙은 복지원 할머니들의 또 다른 로망.

항아리를 안아 든 장태는 안으로 뛰었다.

"……!"

잠시 후, 장태의 상차림을 본 부회장이 다가왔다.

―하나하나 하얗게 갈피가 벌어진 기름진 쌀밥에 소고기 무국.

―구운 꽁치에 보탠 레몬 세 장과 파슬리.

―김치와 두 가지 산나물.

그게 전부였다.

그 역시 임금님의 수랏상이라도 기대했던 걸까? 아니면 프랑스식 명품 요리 만찬이라도 바란 걸까? 눈살이 살짝 구겨지는 게 보였다.

"상미 씨, 이것 좀 부탁해요!"

장태는 개의치 않고 상미를 불렀다.

"다 된 건가요?"

그녀가 물었다.

"한 가지 남았는데 일단 할머니께 가져다 드리세요."

"어머, 밥냄새 국냄새가 너무 좋아요. 꽁치도……."

"부탁합니다."

장태는 한마디를 더 보태 그녀의 등을 밀었다. 부회장은 여전히 고개를 갸웃거리며 그 뒤를 따랐다.

소박한 밥상!

할머니들의 로망의 하나이던 하얀 이밥에 소고기 무국이 테라스에 자리를 잡았다. 국의 따끈한 김이 모락모락 피어올라 할머니의 볼에 닿았다. 할머니의 시선이 천천히 내려왔다.

"드세요. 손 쉐프님이 정성껏 만들었어요. 밥 냄새 정말 좋은데요?"

상미가 숟가락을 건넸지만 할머니는 받지 않았다.

"국물부터 드셔보실래요?"

이번에는 소고기국을 한술 뜨는 상미. 그래도 할머니의 입은 요지부동.

"생각이 없으신 모양이네."

부회장이 고개를 저었다.

"어우, 딱 한 숟가락만 드셔도 좋겠는데……. 이 밥 너무 맛나

보이지 않아요?"

"뭐 그렇기도……."

"꽁치도 입에 넣으면 막 고소함이 흘러내릴 거 같은데……."

"후우, 노숙자의 성자로 불리는 요리사도 별수 없는 모양이네."

부회장은 이미 낙심한 표정이다.

"부회장님……."

"아무래도 포기하는 게 좋겠어."

"아니에요. 손 쉐프님이 한 가지 더 있다고 했거든요."

그녀의 시선이 주방으로 향했다.

"상미는 할 만큼 했어. 억지로 먹일 수도 없는 일이잖아."

"그렇지만……."

상미의 입에서 한숨이 나올 때 장태가 등 뒤로 다가섰다.

"쉐프님!"

"안 드세요?"

공기를 든 장태가 물었다.

"쉐프님이 권하면 드실지도 몰라요."

상미는 아직 포기하지 않은 눈치였다.

"그래 볼까요?"

장태, 새로 들고 온 공기 안의 밥을 반 숟가락쯤 떠서 할머니에게 내밀었다.

"할머니, 아, 하세요."

마침내 장태의 숟가락이 할머니에게 향했다.

"안 될 텐데……."

두어 발치 뒤에서 간병인도 고개를 저었다.

그런데!

놀라운 일이 일어나고 말았다. 장태의 숟가락을 우두커니 바라보던 할머니, 두말없이 넙죽 물어버린 것이다.

"할머니!"

상미의 목소리가 빼액 높아졌다.

"한국말에 한 숟가락은 야박하고 두 숟가락은 정이 없다니 세 숟가락은 드셔야죠?"

두 번째에 이어 세 번째 수저를 내미는 장태. 할머니는 잠시 입맛을 고른 후에 그것까지 받아 물었다.

"할머니……."

상미의 눈에는 눈물이 글썽거린다. 부회장과 간병인은 차마 믿기지 않는다는 표정. 부회장은 궁금증을 참지 못하고 공기를 들여다보았다.

"……."

밥은 거무스레한 색이었다. 그러나 한없이 기름지고, 부드럽고, 고소한 풍미가 코를 차고 들어오는 식감…….

A1 소스?

혹은 쉐프만의 비장의 소스?

직접 보고도 감을 잡지 못한 부회장이 장태를 바라보았다.

"갓 지어 기름진 밥에 싱싱한 계란 노른자와 참깨를 올리고 참기름과 버터를 섞어 간장으로 비볐습니다."

"아아!"

부회장, 그제야 감을 잡고 감탄을 토해냈다.

간장으로 비빈 밥!

그게 바로 할머니들의 또 다른 로망이었다. 그 먼 과거, 먹을 것이 풍족하지 않던 시절의 밥 도둑. 시시한 반찬보다 나았던 간장, 그리고 계란 노른자. 나아가 조금 살던 집에서나 쓰던 질 낮은 버터……

그 시절의 짭조름하고 고소한 간장 냄새가 할머니의 미각을 깨운 것이다.

"이제 상미 씨가 먹여드리세요."

장태는 거기서 빠졌다. 애당초 이 이벤트는 그녀의 몫이었기에.

할머니는 상미의 숟가락도 세 번이나 받아먹었다. 사이사이 소고기 무국 국물까지 먹은 그녀는 그제야 고개를 저어 식사의 끝을 알렸다.

살짝 화색이 오른 할머니가 입을 벙긋거렸다.

"잘 먹었네, 쉐프……"

씨간장의 맛처럼 풍미 깊은 한마디. 장태를 행복하게 만들기에 충분하고도 남았다.

2장

You can do it

"옛날 우리 엄마의 맛이었어."

할머니, 입술을 꼼지락거리며 인사말을 전해왔다. 늙었지만 우아한 기품이 시들지 않은 사람. 그런 고아한 인품이 있었기에 1,000여 명의 학생들을 후원했을 것 같았다.

"요리 유학을 왔나?"

할머니가 낮은 소리로 물었다.

"예. 이제 겨우 배우는 단계입니다."

"아니에요. 이분 굉장히 유명한 분이세요."

상미가 나서 장태를 띄워주었다.

"고맙군. 그런데도 나 같은 늙은이까지 돌봐주다니……."

"음식이 입에 맞아 다행입니다."

"용하네. 아직 젊은 쉐프가 어떻게 간장 비빔밥을 다 생각했지?"

"전에 할머니들에게 전해들은 게 있어서요."

"으음, 그랬군."

할머니는 잠시 숨을 고른 후에 말을 이어갔다.

"이 간장 말이야……."

할머니의 눈이 싹 비워낸 공기에 남은 간장 흔적으로 향했다.

"예……."

"아직 있었나?"

"뒷 담장 아래에……."

"그랬군."

"……."

"내가 미국 올 때 안고 온 거라네. 배 탈 때 어머니가 안겨주었어. 뱃멀미하면 물에 타마시고 미국에서 배고플 때도 물에 타서 마시라고……."

"……."

"사실 썩 좋아하지도 않는 거고 귀찮기만 해서 버리려고 했는데…… 막상 버리려니 어머니 생각이 나잖아? 그래서 처박아 두었던 건데……."

할머니의 눈동자에 그리움이 차고 들어오는 게 보였다. 그녀의 눈은 지금 저 먼 과거의 한국 부둣가로 가 있는 걸까? 거기서 간장을 안겨주는 낡은 저고리의 어머니를 보는 걸까?

"쉐프도 맛을 보았나?"

"예, 허락도 없이……."

"맛있던가?"

"최고였습니다."

장태는 스스럼없이 엄지를 세워주었다.

"그럼 쉐프가 챙겨가 주겠나?"

"네?"

"이젠 한인들도 간장 맛을 잘 모른다네. 맛이 괜찮으면 쉐프가 요리에 써주면 좋겠어. 사실 우리 어머니가 간장 하나는 기가 막히게 담으셨거든. 마을 장은 혼자 도맡을 정도였어."

"할머니……."

"어차피 나 죽으면 그냥 쏟아버릴 거잖나?"

"주신다면, 정말 고맙게 받겠습니다. 제게는 황금보다 귀한 소스니까요."

"진심이었군?"

할머니가 웃었다.

"예, 이런 저런 간장을 많이 다뤄봤지만 이것처럼 깊은 맛은 처음입니다."

"말이라도 고맙네."

"진심입니다."

"헬렌!"

할머니가 간병인을 불렀다.

"예, 마담!"

"우리 쉐프에게 수고비를 좀 챙겨줘."

"아, 아닙니다. 수고비라뇨."

장태는 한사코 손을 저었다.

"정말 그리던 식사를 먹었는데 그냥 보내서야 쓰나?"

할머니기 웃었다.

"간장을 주셨잖습니까? 저는 이거면 만족합니다."

"하지만……."

"저는 지금 노숙자 쉼터에서 노숙인들을 위해 요리를 하고 있습니다. 하물며 같은 한국인에게 밥 한 끼 해드린 게 무슨 수고가 되겠습니까?"

"기특한 젊은이로군."

"귀찮으시더라도 많이 챙겨 드시고 하루 바삐 쾌차하시기 바랍니다. 그렇게 소망하는 사람들이 한둘이 아니니……."

"고맙네."

장태는 인사를 남기고 밖으로 나왔다. 더 있다가는 기어코 수고비를 쑤셔 넣을 것 같았기 때문이었다.

"손 쉐프님……."

따라나온 상미가 장태를 바라보았다.

"들어가 보세요."

"그냥 가시면……."

"그냥이라뇨? 이런 보물을 얻었는데요."

장태는 기꺼운 마음으로 간장병을 들어 보였다. 정말이지 수백만 원을 받은 것보다 뿌듯한 기분이었다.

"그건 할머니하고 쉐프님 관계고요."

"예?"

"저하고도 계산을 하셔야죠."

"무슨 계산을……?"

"그냥 가시면 미안해서 안 돼요. 저, 할머니 장학회 대표로 쉐프님 찾아갔던 거거든요."

"…그래서요?"

"뭐 도와드릴 일 없어요? 가진 건 몸뿐이니 필요하시면 노숙자 쉼터에서 배식 봉사라도 할 게요."

"그 시간에 공부하세요."

"쉐프님!"

상미가 장태를 잡고 늘어졌다.

"진짜 뭔가 돕고 싶어요?"

"그렇다니까요."

상미의 눈빛은 단단했다. 그냥 인사로 하는 말이 아닌 것 같았다. 그제야 장태, 상미의 말이 떠올랐다. 특급 호텔 서빙도 해 보았다던……

"그럼 한 명 가지고는 안 돼요."

"예?"

"한 열 명 지원할 수 있나요?"

"물론이죠."

상미의 대답과 함께 장태 머리에 그림 하나가 그려졌다. 한국인 쉐프에 한국 음식 곁들임, 거기에 더불어 한국 학생들의 서빙이라면?

그림 퍼즐이 제대로 자리를 잡는 것 같았다.

＊　　　　＊　　　　＊

헤븐LA 이벤트 이틀 전.

장태는 톰과 마주 앉아 전체적인 정리에 들어갔다.

—메인은 시금치 뇨끼와 바닷가재.

—시금치 크레프 메네아크.

—초콜릿 타르트.

—오색 새알의 단팥죽과 사과수정과.

—샐러드.

원래는 파나코나가 있었지만 논의 끝에 사과수정과로 대체하기로 했다.

1) 전채 샐러드.

2) 단팥죽과 메네아크.

3) 시금치 뇨끼와 바닷가재.

4) 초콜릿 타르트와 사과 수정과.

단팥죽 새알 중의 하나는 시금치 엽록소로 구성.

메네아크를 부칠 때도 시금치 조각을 잘게 썰어 넣어 시금치 추가.

뇨끼 역시 시금치.

이렇게 구성하니 시금치를 주제로 한 요리로 구색이 맞아 떨어졌다.

1)과 2)를 한 쟁반에 담아내고 3), 4)를 같은 쟁반에 담아내어 마무리. 여기에 샐러드와 메네아크에 들어가는 닭고기 스파이스에 할머니의 씨간장을 살짝 첨가.

계획은 요렇게 마무리!

"보조 요리사는 내가 선별해 두었으니 됐고, 서빙은?"

토의를 끝낸 톰이 물었다.

"아, 그건 제가 알아서 할게요."

"이건 내 생각인데……."

톰은 주변을 돌아본 후에 말을 이었다.

"숀이나 아론에게 맡길 거라면 반대라네."

"알고 있습니다."

"여기처럼 그저 열심히 뛰어다닌다고 되는 자리가 아니잖나? 그런 곳에는 격식과 품격이 있는 것이니……."

"그래서 따로 팀을 꾸려두었습니다."

"팀? 설마 안나나 라벨라 같은 친구들은 아니겠지?"

"예, 걱정 마십시오."

"하긴 손 쉐프도 나름 경험이 많은 사람이니……."

톰은 그쯤에서 의견 개진을 그쳤다.

"내일 예행 연습 한 번 해야겠지?"

"수고스럽지만 그래야 할 것 같습니다."

"알았네. 요리사들 부르고 재료상도 확인 전화해 둘 테니 더 필요한 거 있음 말씀만 하시게나."

"아닙니다. 남은 건 제 숙제인걸요."

"자넨 잘할 걸세."

톰은 듬직한 웃음을 남겨주고 나갔다.

'드디어 코앞이군.'

시간은 간다. 잡을 수도 멈출 수도 없다. 소테 팬을 불 위에 올리고 기름을 부었을 때 안나가 들어왔다.

"쉐프……."

"출출하세요?"

"아뇨. 뭐 도와드릴 거 없어요?"

"저기 팥 좀 골라주세요."

장태는 미리 준비된 팥 자루를 가리켰다. 사양한다고 곱게 물러갈 안나가 아니었다.

"어떻게 골라요?"

"물에 부어서 뜨는 거 전부 골라내고요 혹시 돌 있나 찾아내세요. 썩거나 벌레 먹은 것도 아웃!"

"다른 건요?"

"일단은 그 정도면 충분해요."

다닥다닥!

장태의 칼질이 시작되었다. 써는 건 당근이었다.

"소리 좋은데요?"

팥을 대야에 부은 안나가 웃었다.

"요리라는 게 즐거운 마음으로 해야 맛이 생기거든요."

"쉐프가 하면 뭐든 맛있어요."

"안나!"

"네?"

"이제 괜찮아요?"

"네!"

"궁금해서 그러는데 그때 아가가 다른 말은 안 했어요?"

"했죠."

"뭐라고요?"

"쉐프를 도우라고요."

"……"

장태가 돌아보자 안나는 불덩이처럼 붉어진 볼을 숙여 버렸다.

"혹시 꿈에 아가 만나면 이 말 전해주세요."

"무슨 말요?"

안나가 고개를 들었다.

"저한테 진짜보다 더 진짜 같은 가재 두 마리만 만들게 해달라고요."

"네?"

"그런 게 있거든요."

말을 마친 장태의 칼질이 빨라지기 시작했다.

치이이!

모양을 낸 당근 조각이 기름 안에서 연주를 해댔다.

썰고, 자르고, 베어내고, 튀기고… 장태의 튀김은 긴 시간 동안 이어졌다.

당근이 다양하게 튀겨졌다. 껍질, 안쪽의 조직… 그러나 쉽지 않았다. 처음 튀긴 건 그럴싸해 보였지만 바로 눅눅해졌다. 당근과 감자는 달랐으니 전분 때문이었다.

전분을 넣어 튀김옷을 입혔다.

감자를 얇게 썰어 당근 썬 것과 합쳐 튀겨보기도 했다.

바삭함은 조금 나아졌다. 하지만 모양이 뒤틀린다.

장태가 원하는 깔끔한 면이 나오지 않는 것. 전분에 계란을 넣고 분유도 첨가했다. 수분을 잡으려는 것. 당근 조각의 두께와 감자 조각의 두께도 조절했다.

표면의 당근은 발색용이요, 뒷면의 감자 조각은 지지대 역할. 그러다 겨우 이상적인 배합을 찾아냈다.

모양을 잡아 깎아낸 당근을 살짝 건조시키고 수분이 가장 적은 감자로 맞춘 최적의 콤비. 당근은 껍질을 투명하게 도려낸 바로 다음 층, 감자는 당근의 1.6배 두께.

둘 사이에 전분과 계란, 분유로 조합한 튀김옷을 발라 결합력을 높인 후에 튀겨내니 제법 분위기가 살았다. 색감과 함께 당근이 눅눅해지는 문제도 잡았다.

그렇다고 끝은 아니었다. 눅눅함은 해결되었지만 난제는 프라모델처럼 정교한 조각을 만들어야 하는 것. 그게 쉽지 않았다. 튀기면 볼륨과 크기가 멋대로 변하기 때문이었다. 어쩌다 각이 맞아도 결합이 어려웠다.

'송어 스터프……'

장태는 크리스를 박살 낸 요리를 떠올려 보았다.

스터프의 외관을 이루었던 건 두부껍질……

하지만 바로 고개를 저었다. 송어 스터프는 몰라도 정교한 가재의 모양을 내기에는 그것도 역부족이었다. 잠시 쉬고 있을 때 숀리가 뛰어 들어왔다.

"쉐프, 에그 프라이 몇 개 해먹어도 돼요?"

숀리는 땀범벅이다. 아마 아론 등과 농구를 하다 온 모양이었다.

"물론, 넌 2주방 부쉐프니까."

"헤헷, 땡큐요!"

숀리는 팬을 꺼내 계란을 깨 넣었다. 하지만 서두르다가 기어이 프라이를 찢고 말았다. 어쩌나 보자니 껍질 속에 남은 흰자를 쥐어짜내 금이 간 부위에 떨군다.

"헤헷!"

머쓱한지 혀를 날름 내미는 손리.

찢어진 계란을 붙이는 계란 흰자. 그걸 본 순간 장태의 머리가 환하게 밝아왔다.

'바로 그거야!'

쉐프도 실수를 한다.

하지만 수습법이 있다. 그런 도구나 재료도 있다. 장태는 잊었던 방법 하나를 생각해 냈다. 그거라면, 도움이 될 것 같았다.

*   *   *

헤븐 LA 이벤트 홀!

오늘의 스페셜을 끝으로 노숙자들 식사를 마친 장태는 톰과 손리, 세준을 데리고 이벤트 홀을 점검했다.

"우와!"

홀에 들어선 손리, 비명부터 질렀다. 홀은 하나의 무대 자체였다. 완벽한 대리석들과 조화를 이룬 르네상스 시대의 창문들, 벽의 명화와 조각상 하나조차도 박물관을 방불케 하고 있었다.

"저기서 연주도 하려나 봐요."

안쪽의 둥근 공간을 보며 손리가 소리쳤다. 몇 개의 계단 위에 마련된 우아한 공간. 가수가 나와서 노래를 불러도 좋고 오케스트라가 연주를 해도 충분할 공간이었다.

"작은 카네기홀 같은데요?"

세준도 감탄을 금치 못했고, 그건 톰도 마찬가지였다.

"그런데 누가 오기로 했다며?"

겨우 숨을 돌린 톰이 물었다.

"아, 예……."

장태가 시계를 보았다. 상미와 약속한 시간이 지나고 있었다.

'너무 기대가 컸나?'

잠깐 우려가 들 때 안쪽 문에서 낯익은 의상들이 줄 지어 들어섰다.

"우와!"

숀리가 다시 한 번 자지러졌다.

"와우, 쏘 뷰리플!"

톰의 입도 쩌억 벌어졌다. 안으로 들어온 사람은 상미와 그녀의 친구들이었다. 여자가 여섯에 남자가 네 명. 도합 열 명의 학생들이 보란 듯이 아름다운 한복을 입고 등장한 것이다.

"언제 온 겁니까?"

장태가 물었다.

"조금 전에요. 기왕 하는 거 확실하게 해야죠. 옷은 괜찮아요?"

"죽입니다. 한복까지 갖춰 입고 와줄 줄은 몰랐거든요."

"한인회 부회장님이 알선해 주셨어요. 멋지게 차려입고 쉐프님 도우라고요."

"으아, 진짜……."

"여긴 우리 멤버들이요. 얘들아, 인사드려. 내가 말했지?"

상미가 뒤쪽에 선 친구들을 가리켰다.

"안녕하세요?"

상미의 친구들이 입을 모아 합창을 했다.

"아, 예……. 와줘서 고맙습니다."

"아닙니다. 우리 조 할머니께 맛난 식사를 해주셨다면서요? 이 정도는 아무것도 아니죠."

남학생이 대표로 나와 화답을 했다.

"오케이, 그럼 일단 주방으로 가죠."

장태, 그저 좋아만 하고 있을 수는 없었다. 각자 내일 맡을 역할을 확실하게 알려줘야 하는 것이다. 주방을 둘러보는 사이에 톰이 소개한 요리사들도 속속 도착했다.

"모든 상태는 정상입니다!"

관리자가 나와 상황을 알려주었다. 하지만 장태는 하나하나 제 손으로 점검을 했다. 한 번도 써보지 않은 기구들. 관리자의 말만 믿을 수는 없었다.

오븐 On Off.

가스 점화 상태 점검.

칼과 조리 도구 점검.

주방 개수구 점검.

접시 수량과 포크, 컵 등 상태의 점검.

기본 점검을 끝낸 후에야 장태, 주방과 서빙 팀이 할 일을 하나하나 설명해 주었다.

절대 친절!

절대 위생!

그 말을 덧붙이면서.

가볍게 리허설을 마치자 상미 팀과 요리사 팀이 돌아갔다.

"아저씨도 가세요. 준비하실 거 많잖아요?"

장태가 톰을 바라보았다.

"여기서 밤새울 거야?"

"일단 좀 해보고요."

장태가 대답했다. 아직 체크할 일이 많았다. 하나하나 직접 써보지 않고서는 안 될 일이었다. 타이머는 제대로 작동하는지, 철판의 열전도율과 들러붙는 엽부, 팬들의 상태는 어떤지…….

한 번도 써보지 않은 기구들이니 그렇게 해도 충분하지 않을 일이었다.

"숀리는 아저씨 따라가서 쉬어."

장태가 말하자 숀리가 입술을 삐죽거리며 항변했다.

"저도 여기 있을래요."

"힘들 텐데?"

"괜찮아요."

"좋아. 너는 부쉐프니까."

"헤헷!"

숀리, 그 말이 마음에 드는지 입이 찢어져라 웃었다.

"뭐 도와드릴까요?"

톰이 나가자 숀리가 물었다.

"크레프 연습!"

"여기서도요?"

"당연하지. 세준아, 아까 그거 어디 있냐?"

장태가 세준을 돌아보았다.

"저쪽에 두었는데요."

"숀리 가져다 줘."

"예."

세준은 주방 끝으로 걸었다.

"저 정말 크레프 만들게 시킬 거예요?"

"아니면? 넌 부쉐프야!"

"쉐프……."

"숀리!"

눈높이를 맞춘 장태가 숀리의 어깨를 붙들었다.

"예?"

"쫄 거 없어. 하지만 실제 장소에서 하는 것하고 그냥 연습은 다르거든. 내일 정신이 없어지면 한 가지만 명심해."

"……."

"네가 크레프 담당이라는 거!"

"쉐프……."

"할 수 있어, 없어?"

"할, 할 수 있어요!"

숀리의 눈동자에가 젖기 시작했다.

"그럼 실시!"

"예, 쉐프!"

숀리는 목이 터져라 고함을 치고 가스불을 당겼다. 그걸 보며 장태, 주방에서 나왔다. 그런 다음 홀 가운데에 가부좌를 틀고 앉았다. 눈을 감고 상상을 불러냈다.

내일!

여기서 공식 쉐프가 된다.

말하자면 데뷔전.

"내 꿈은 아카데미 시상식 파티 쉐프가 되는 것!"

"나는 노벨상 수상자 연회를 맡고 싶어!"

"나는 메이저리그 우승 팀 연회 쉐프!"

CIA를 마치던 날 동기들이 품었던 꿈들이 장태 마음을 스쳐 갔다.

로빈슨, 엘버스, 에르난데스, 조쉬…….

그들은 뭘 하고 있을까? 엘버스의 경우에는 이미 특급 호텔의 총부주방장까지 올라갔다는 소문을 들었었다. 또 다른 동기들 역시 유수의 연회나 이벤트를 연출했다는 소식도 들었다.

하지만!

장태는 조급하지 않았다. CIA에서도 아주 뛰어난 학생은 아니었다. 장태는 아주 묵묵히 노력하는 학생.

요리의 본질을 묻고 알려고 하다 요리는 망치기 십상이던 학생. 그러나 졸업할 때가 되어서는 교수들도 장태의 가능성을 알아보기 시작했었다.

그런 장태, 결국 졸업 후에 스승 강형규를 찾아 유럽과 미국 전역을 떠돌았고 오늘 비로소 이만한 책임을 맡은 자리에 선 것이다.

'아버지…….'

웬일일까?

하필 이 때, 엄마가 아니라 아버지가 떠올랐다. 하나도 살갑지 않던 그 아버지가…….

―꼭 요리사가 되어야겠냐?

—예!

—후회할 거다. 네 피는 한의사 피야.

—후회 안 합니다.

—너는 아직 어려서 인생을 몰라.

아버지의 마지막 말.

—너는 아직 어려서 인생을 몰라.

사실 그랬다.

장태가 어찌 인생을 다 알 것인가? 부딪치고 채이고 패이면서 장태는 나이테 안에 수많은 상흔을 만들었다. 어떤 순간에는 아버지 말이 실감나기도 했었다.

하지만, 후회는 하지 않았다. 후회가 들 때마다 더 맛있는 요리들이, 아직도 알지 못하는 레시피들이 별처럼 반짝거렸던 것이다.

—저 별을 딸 거야.

그렇게 정진해 온 9년 세월…….

'최선을 다해볼게요.'

장태, 공연히 비장해지며 중얼거렸다.

'제가 택한 길이 부끄럽지 않도록요.'

아버지에게 보내는 우직한 다짐이었다.

*   *   *

이른 새벽, 장태는 노숙자 쉼터에 있었다. 늦은 밤까지 행사장 체크를 끝내고 바로 옮겨온 것. 다른 것은 몰라도 치료식은 빼놓고 싶지 않았다. 해당 노숙자들에게 소외감을 갖게 하고 싶지 않았던 것.

지금쯤 행사장의 스톡도 잘 끓고 있을 것이다. 손리와 세준을 남겨두고 왔으니 문제없었다.

둘은 다행히 요리에 관심이 많았다. 아직은 사실 관심 수준이지만 그것만으로 충분했다. 더구나 장태를 도우려는 마음이 있었다. 셋은 이미 보이지 않는 신뢰를 가진 상태였다.

끼익끼익!

아침 안개가 걷히기 전, 치료식을 실은 카터를 밀고 나왔다. 순간 식당의 바이올린 소리가 장태의 발을 세웠다.

톰이었다.

그가 주방 앞에서 하루를 여는 연주를 하고 있었다. 다른 때와 달리 깨끗한 유니폼에 모자까지 갖춰 썼다. 장태를 위해, 장태에게 바치는 연주가 틀림없었다.

짝짝!

연주가 끝나자 장태가 박수로 화답했다. 톰은 손을 들어 장태를 응원했다.

"쉐프!"

첫 번째 치료식을 건넬 때 안나가 다가왔다.

"굿모닝?"

장태가 말했다.

"이건 내가 할게요."

"괜찮아요. 금방 끝납니다."

"그래도 바쁘실 텐데……."

"그보다 따로 해줄 일이 있습니다."

"내가요?"

"죄송하지만 씻고 같이 갈 준비를 해주세요. 주방에 도우미가 필요하거든요."

"정, 정말요?"

장태 말을 들은 안나는 떨 듯이 기뻐했다.

"당연히 안나가 함께하셔야죠? 싫지만 않다면."

"싫다뇨? 저는 무조건 대환영이에요."

"그럼 서둘러 주시죠."

장태는 상체를 숙이며 우아하게 재촉했다.

"어머, 어머! 어쩜 좋아. 나 같은 게 그런 행사에 참여할 수 있다니……."

안나는 붉은 볼을 더 붉히며 뛰어갔다.

'당신이 어때서요?'

그 모습을 보며 장태는 가슴이 알큰해 왔다. 안나는 썩 괜찮은 여자다. 얼굴도 그렇고 몸매도 그렇다. 난민 신분으로 깊은 아픔을 가졌지만 심성 또한 아름답기 그지없었다.

그저 남자가 없을 뿐.

그저 돈과 그럴싸한 직업이 없을 뿐.

멕시코 출신의 노숙자 라스카노에게 치료식을 주는 것으로 장태는 할 일을 끝냈다.

그는 지지리도 운이 없는 사람이었다. 겨우 국경을 넘어와 취업에 성공했지만 뒷골목 불량배들을 만나 권총을 맞았다. 불량배들이 뺏어간 건 고작 20달러.

그렇게 다리를 잃었다. 돈을 벌면 멕시코로 돌아가 사랑하는 여자에게 청혼할 거라던 꿈이 사라진 것이다. 그때부터 술에 의지하면서 노숙자 신세가 되었다.

쉼터로 왔을 때는 이미 폐인이 되었던 그. 이제야 조금씩 삶의 의욕을 되찾는 중이었다.

"고마워요."

치료식을 받아 든 그가 웃었다.

"남김 없이!"

장태의 응수는 한결같았다. 자신의 요리를 먹고 다시 꿈을 꾸게 된다면 그보다 기쁜 일이 어디 있으랴?

"이거……."

라스카노가 초콜릿을 내밀었다.

"웬 거죠?"

"지나가던 자가용 운전사가 돈을 주길래 샀어요. 오늘 중요한 행사에 간다고요?"

"내겐 당신도 중요해요."

"더 비싸고 좋은 걸로 선물하고 싶었는데……. 오늘은 이걸로 때울게요."

초콜릿 내미는 손이 파르르 떨었다. 그 마음이 고마워 덥석 받아 드는 장태. 그런 다음 반으로 잘라 하나는 그의 입에, 또 하나는 자신의 입에 넣었다.

"원래 나눠 먹어야 맛나는 겁니다."

"쉐프……."

"어서 먹어요. 한국에서는 콩 하나도 반씩 나눠 먹거든요."

"당신은 정말……."

장태는 목이 메어 말을 끝내지 못한 그의 손을 꼭 잡아주었다.

가뜬하게 빈 카터를 밀고 돌아서자 먼동이 터오기 시작했다. 그런데, 어스름은 제대로 걷히지 않았다. 장태의 시선을 막아선 물체들 때문이었다.

잠시 후에야 장태는 알았다. 그 장벽이 노숙자들이라는 걸.

그들은 높은 물결이 다가오듯 소리 없이 장태에게 다가왔다.

"쉐프!"

맨 앞에는 루퉁과 라벨라였다.

"아저씨……."

"좋은 아침?"

"그러네요."

장태가 웃었다.

"틀림없이 좋은 하루가 될 거야. 우리 모두가 응원할 테니까!"

"당연히요. 저 믿는 구석이라고는 아저씨들밖에 없거든요."

"여기 아줌마도 있어."

라벨라가 육중한 가슴을 두드리며 존재를 알렸다.

"물론이죠!"

"가시게. 가서 자네가 영웅뿐만이 아니라 쉐프로도 최고라는 걸 보여주라고."

루퉁이 다가와 장태 등을 토닥여 주었다. 장태는 그들의 뜨거운 마음을 받으며 걸었다.

이 아침!

오늘따라 이 아침은 왜 이렇게 감격스러운 걸까? 장태는 마치

해가 그 가슴에서 떠오르는 줄만 알았다.

"손 쉐프!"

주방 앞에는 아드리안이 서 있었다.

"아드리안……."

"Are you ready?"

"Sure!"

"강 쉐프 말이 자기에게 들리지 말고 바로 가라더군."

"……."

"일일이 보고할 필요 없다고……."

"……."

"아, 그리고 한 가지 더. 어제 받은 검사 결과는 상당 호전!"

"아드리안!"

"강 쉐프 말대로 하시게."

아드리안이 한 번 더 강조했다.

"그러죠."

스승의 고마운 배려. 받아들이는 수밖에.

"행운을 비네!"

아드리안에게서 따뜻한 시선이 건너왔다. 장태는 끄덕, 그 마음도 접수했다.

할머니에게 얻어온 씨간장은 일부 덜어 안나 품에 맡겼다. 필살의 아이템으로 쓸 수 있는 씨간장이었다.

"오늘만큼은 안나의 아기처럼 소중하게 다뤄주세요!"

"걱정말아요. 내 목숨처럼 가져갈게요."

안나가 웃었다. 손에 익은 주방 기구 몇 개와 식용 본드, 그리고 미리 다시마 육수와 과일즙을 넣어 준비해 두었던 병까지 챙긴 장태, 마침내 2주방을 나섰다. 장태는 아드리안이 보내준 트럭에 올랐다. 안나도 함께 탔다.

"You can do it!"

톰이 국자를 든 채 주먹을 쥐어보였다. 그러자 그 말이 메아리를 이루며 번져 나갔다.

"You can do it!"

"You can do it!"

들불처럼 번져 가는 격려를 따라 트럭이 출발했다.

부릉!

그 어느 날보다 힘찬 시동이었다.

*　　　　*　　　　*

행사장 주방에 도착한 장태는 제일 먼저 스톡을 확인했다. 밤새 끓어온 송아지 스톡은 맛이 진하고 깊었다. 이어 치킨 스톡은 현재 끓고 있는 중. 4시간째 살살 끓고 있으니 곧 끝날 일이었다.

마지막으로 채소 스톡 역시 약 40분 전에 끓기 시작했으므로 걱정할 필요가 없었다.

"우와, 맛 깔끔한데요?"

지원군으로 온 요리사들도 맛을 본 후에 감탄을 자아냈다. 송아지와 치킨 스톡은 숀리와 세준 덕분이었다. 그들이 잠 한잠 자지 않고 불순물을 걷어낸 까닭에 잡내를 완전히 잡은 것.

―송아지 스톡 준비 완료!

―치킨 스톡 준비 완료!

―채소 스톡 준비 완료!

시간 차이를 두고 스톡들이 끝났다.

"가재가 왔습니다!"

이어 주재료도 속속 도착하기 시작했다. 장태는 가재 하나하나를 들어 냄새를 맡았다.

'흐음!'

가재에게서 바다가 출렁이는 것 같았다. 상처 하나 없는 더듬이와 꼬리들, 우람한 집게발까지 모든 게 마음에 들었다.

그래도 체크는 소홀히 하지 않았다. 수송 중에 죽은 놈이 있을 수도 있고, 원래 병을 가지고 있는 가재가 있을 수도 있었다.

그때!

요리사 하나가 쿨러에 얼음을 좌르륵 채워 놓았다.

"뭐 하시게요?"

장태가 물었다.

"가재 담가두어야죠. 싱싱하게 유지되도록."

"……?"

가재 꼬리를 살피던 장태의 시선이 파뜩 올라갔다.

"가재를 얼음물에 담그면 안 됩니다."

장태가 잘라 말했다.

"왜요? 아직 요리하기 전인데 그럼 신선도 유지가 어렵잖습니까?"

"이렇게 하면 되지요."

장태는 차갑게 적신 신문지로 가재를 감싸기 시작했다.

"쉐프……"

"혹시 재팬 레스토랑에서 일하셨나요?"

"그렇습니다만……"

"하지만 바닷가재는 얼음 쿨러에 넣으시면 안 됩니다."

"……?"

"왜냐면 얼음이 녹으면서 가재가 익사하게 되거든요. 얼음은 맹물을 얼렸으니 민물이잖습니까?"

"아!"

요리사는 그제야 말귀를 알아들었다. 얼음은 생선의 부패를 막고 신선도를 유지시킨다. 하지만 산 가재를 죽이고서야 신선도를 운운할 일이 아니었다.

"이렇게 해서 냉장고에 넣어두시면 일주일까지도 문제없습니다. 부득이 꼭 얼음을 채워야 한다면 바닥에 구멍이 난 트레이를 쓰셔야 합니다. 얼음이 녹으면서 물이 내려갈 수 있게요."

간단하게 설명을 끝냈다.

잠시 후에 상미와 그 팀이 도착했다. 장태는 각자가 할 일을 다시 한 번 주지시켜 주었다. 주방과 서빙 팀, 두 팀의 유기적인 협력이 필요하기 때문이었다.

행사장을 보니 진행 요원들과 무대 장치자들도 완료 직전. 주방에도 싱싱한 시금치가 도착함으로써 모든 준비는 끝났다. 시금치 잎을 하나 뜯어낸 장태, 입에 넣고 우물거렸다.

흐음……

달았다. 최상의 시금치가 온 것이다.

"헤이, 숀리!"

비로로 앞치마를 두르며 숀리를 바라보았다.

"예, 쉐프!"

이 녀석, 얼굴 좀 보라지. 은근히 쫄아 있다.

"네 친구 이름이 뭐라고?"

"헨릭이오!"

"그 친구한테 아직도 오줌싸개 숀리로 기억되고 싶냐?"

"……!"

"아니면 빨리 등 제대로 펴고 네 자리에 서!"

"예, 쉐프!"

"다들 준비됐죠?"

장태는 옆쪽의 요리사들을 돌아보았다.

"옛썰!"

"그럼 출발합니다!"

다닥!

장태가 먼저 타오를 놀리기 시작했다.

다다다닥다다닥!

뒤를 이어 세 요리사들의 칼도 춤을 추었다. 그때까지도 바짝 얼어 있던 숀리, 장태가 한 번 더 바라보고서야 앞치마 끈에 이어 이마를 동여맨 끈까지 질끈 당겨 묶었다.

"숀리 파이팅!"

도우미로 자리한 안나의 격려가 날아왔다. 숀리는 홍조 띤 얼굴로 화답했다. 그 인사를 따라 경쾌한 음악이 울려 퍼지기 시작했다.

Time Limit······.

장태는 그 곡을 알았다. 엄마가 간간히 쳐 주던 곡······. 좋은 징조였다.

'일단 소스부터!'

오늘 바닷가재에 딸려낼 주 소스는 응용 아메리칸 소스였다. 아메리칸 소스는 원래 피에르가 만든 대표적인 바다가재 소스.

여분의 바닷가재 껍질과 새우 껍질, 야채와 페이스트를 함께 넣고 끓였다. 다른 소스와 달리 거품을 걷지 않는 게 특징.

"쉐프!"

사정을 모르는 손리가 걱정스런 얼굴을 했지만 장태는 웃어넘겼다.

세상에는 늘 예외가 있는 법. 이어 양파와 당근, 마늘을 볶은 후에 새우 머리를 쏟아 넣고 바닷가재 철갑을 더해 으깨가며 더 볶아냈다. 다음으로 꼬냑 약간에 화이트 와인을 붓고 졸인 후에, 볶은 토마토와 페이스트와 생선 육수에 더해 스파이스를 넣고 끓였다.

씨간장!

살짝 태운 간장은 여기서 적량 첨가되었다. 각각의 맛을 다치지 않고 아우르는 분량. 그건 장태의 후각이 감당해 주었다.

'오케이!'

오리지널보다 훨씬 풍후하고 깊은 맛. 수십 년, 아니, 어쩌면 수백 년 묵은 것일 수도 있는 씨간장의 위력이었다. 완성된 걸체에 거르고 볶은 소금과 후추로 간을 맞춤으로써 주력 소스는 끝이 났다.

나머지는 낭투아소스와 칠리소스를 내기로 했다. 다양한 맛을 보게 하려는 배려였다.

이제 시금치…….

심호흡을 한 장태, 초록의 시금치 무더기를 바라보았다.

보글보글!

한쪽에서 찬물이 시원하게 끓기 시작했다. 설탕을 조금 넣었다. 굵은 소금도 조금 넣었다.

시금치를 데치는 데는 반드시 설탕이 필요하다. 수산 때문이다. 그렇지 않으면 시금치 특유의 수산 냄새 때문에 맛을 버리는 경우가 있었다. 설탕을 넣어야만 중화가 되는 것이다.

소금?

그건 두말할 필요도 없다. 채소의 색을 싱싱하게 발색하기 위한 것. 이런 건 딱히 유럽에서 배운 것도 아니었다. 그 옛날, 한국의 주부들도 본능적으로 다 하던 것…….

"아이들이 도착했어요!"

감자가 오븐 속에서 구워질 때 상미가 콜을 해왔다.

"귀빈들도 속속 도착하고 있습니다."

그 친구들의 말도 따라 들어왔다. 그리고… 저벅, 발소리와 함께 러셀 킹과 슐런트가 들어섰다.

"이어, 손 쉐프!"

"오셨습니까?"

장태, 잠시 일손을 멈추고 둘을 맞이했다.

"잘되고 있지요?"

"예."

"필요한 거 있으면 언제든 콜하세요. 알았죠?"

"예!"

두 사람은 바로 자리를 비켜주었다. 주방이 쉴 새 없이 돌아가는 걸 본 까닭이었다.

"한 시간 전이에요!"

시간을 체크하던 안나가 타임을 알렸다. 장태는 삶아낸 팥을 건져 으깬 다음 면보로 걸러내 고운 입자만을 모았다. 110개의 작은 그릇에 균등히 퍼 담아 냉동고 속으로 밀어 넣었다. 팥죽 표면을 살짝 얼리려는 의도였다. 그리고 시금치 뇨끼 반죽을 밀어 잘라냈다.

그런 다음 태극 4괘를 찍기 시작했다. 물론 그 중간에 슬쩍 끼워 넣은 게 있었다.

아무도 모르는 장태만의 즐거움, 나아가 먹는 사람을 위한 즐거움. 태극 4괘가 찍힌 녹색의 뇨끼는 흡사 마야의 암호처럼 신비로워 보였다.

"숀리!"

장태가 숀리를 돌아보았다.

"크레프 준비는 완료예요!"

"마이크!"

이번에는 메네아크를 맡은 요리사를 체크.

"메네아크 들어갑니다!"

"가재는요?"

그 옆 요리사도 체크하는 장태.

"잘 익어갑니다!"

그 역시 엄지를 세워 보이며 순탄한 진행 상황을 알려주었다.

'그럼 남은 건 내 몫……'

장태의 시선이 기름으로 향했다. 두 명의 베지테리언 어린이. 그들을 위한 미션이 장태를 기다리고 있었다.

일단 핸드폰부터 꺼내놓았다.

그럴 이유가 있었다.

'가재살은 감자와 두부, 콩으로 해결……'

살 모양은 감쪽같았다. 보슬보슬한 살결까지 살려냈으니 누가 보아도 가재살. 장태는 퍼즐을 맞추듯 정교하게 잘라 튀겨둔 당근 껍질과 크래핀을 당겼다.

장태가 손에 든 건 식용 본드. 프라모델을 조립하듯 퍼즐의 각 조각을 붙여나갔다. 식용 본드는 단백질을 원료로 만든 것이다. 먹는다고 해도 해로울 게 없는 물질이었다.

마지막으로……

'집게발……'

갈라놓은 집게발을 튀긴 당근 조각으로 짜맞춰 살려내는 건 그야말로 고난도의 일이었다.

후우!

숨을 몰아쉰 장태, 집게발 부분을 이어 붙이기 시작했다.

3장

요리로 만드는 인연

"……!"

장태는 숨도 쉬지 않았다. 정진요리풍으로 만든 가재살 위에 둘러싸는 바닷가재 몸통 장식. 바닥의 각도를 맞추기 위해 정밀하게 깎아내야 하는 문제까지 생겨 더욱 그랬다.

하지만 지성이면 감천.

마침내 두 접시 분량의 당근 껍질 바닷가재를 탄생시키고야 말았다. 플레이팅에 쓰는 소스도 물론 순식물성으로 만들었다.

옷은 이미 땀에 절어버렸다. 그래도 무겁지 않았다. 가장 까다로운 두 접시를 끝내고 나니 이제 거침이 없었다. 장태의 손은 모터라도 붙은 듯 펄펄 날아다녔다.

―샐러드와 메네아크 완성.

―시금치 뇨끼와 바닷가재 완성.

—초콜릿 타르트와 사과 수정과 완성.

—마지막으로 단팥죽…….

장태는 오색으로 물을 들인 다섯 새알을 넣고, 그 가운데다 한쪽의 민트를 올렸다. 살짝 살얼음이 언 단팥죽 위에 뜬 오색의 새알은 동화 같은 느낌을 주기에 충분했다.

드디어 단팥죽도 완성.

메인 접시는 기하학적 느낌의 모양을 택했다. 검은색 중심에 노랑색의 절묘한 배경. 사각도 아니고 타원도 아닌 것이 마음에 들었다.

힐끗 입구를 보았다. 시간으로 보아 식사가 진행될 때였다. 장태의 생각이라도 읽은 듯 진행 요원이 바삐 들어섰다.

"식사 부탁한답니다."

'오케이!'

장태가 붓을 들었다.

흰 벨루테 소스를 붓에 찍어 검은 접시에 자연스러운 형상을 그린 후에 파슬리를 놓았다. 이어 고소한 버터 냄새가 폴폴 나오는 가재를 올렸다.

'가재의 화룡점정은…….'

장태는 쉼터에서 가지고 온 병을 꺼냈다. 아이들을 위해 따로 준비한 이것. 몇 알 물어보니 톡, 감칠맛이 제대로 들어 있었다. 그걸 꼬리 쪽에 놓고 다시마 거품을 푸짐하게 올림으로써 가재는 끝.

뇨끼는 그 앞에 사선으로, 벨루테 소스와 겹치도록 가지런히 놓았다. 각 8개씩으로 구성된 뇨끼에 태극4괘가 반복되는 세팅이었다. 마지막으로 구운 레몬 조각과 파슬리로 포인트를 주면서 플레이팅도 마감.

검은색 바탕에 노란 색감, 거기에 올려진 붉은 가재 껍질과 더불어 노릇하게 익어가는 가재살과 꼬리의 거품들. 그 앞 흰 칼라 위에 살포시 올라앉은 초록의 뇨끼들……

꼴깍!

'맛있겠다!'

장태는 자신도 모르게 침을 넘겼다. 98%가 익은 가재들. 나머지 2%는 식탁 앞에서 익게 되어 있다.

응?

왜냐고?

오븐에서 꺼낸 고기는 꺼낸 후에도 잠시 온도가 올라가게 되어 있다. 그걸 계산에 넣은 것이다.

"상미 씨!"

준비를 마친 장태가 상미를 불렀다. 상미 팀은 가지런히 줄을 지어 주방에 들어섰다.

"부탁해요!"

접시를 보며 장태가 말했다.

"걱정 마세요."

상미가 먼저 접시를 집어 들었다. 기품 있으면서 우아한 동작. 아침부터 내내 연습을 한 까닭인지 특급 호텔 레스토랑의 직원들 못지않아 보였다.

그녀의 소맷깃을 본 장태, 마음을 푹 놓았다. 혹시라도 음식에 닿을까 봐 소맷깃까지 단정하게 동여맨 한복 맵시, 거기에 지나치게 나풀거리는 치맛단도 품을 줄인 상태였던 것이다.

"오늘의 특선식이 나오고 있습니다."

음악이 멈춘 틈을 타 장내 멘트가 울려 퍼졌다. 상미와 친구들은 테이블 끝의 아이들부터 세팅을 시작했다. 내려놓는 동작도 같았고 물러서는 동작도 같았다. 우아한 한복의 맵시와 더불어 절제된 동작 앞에 귀빈들은 박수를 아끼지 않았다.

"죽이는데요?"

장태 옆에 선 세준이 말했다.

"그렇지?"

"서빙에 박수를 보내는 건 또 처음 봐요."

"그렇게 생각하면 안 돼."

"예?"

"서빙도 요리의 연장선이니까."

"요리의 연장선?"

세준은 이해하지 못하는 눈치였다.

"요리는 쉐프들이 만들지만 기분 좋게 먹고 말고는 서빙이 결정할 수 있어. 그것 말고도 신속, 정확해야 하지. 왜인 줄 알아?"

"글쎄요……."

"요리는… 손님들 앞에 놓이는 그 순간이 가장 맛있는 타임이야. 모든 요리는 그걸 계산해서 플레이팅을 하게 되지. 그러니 서빙하는 사람이 게으르거나 서투르면 그만큼 맛의 손실을 각오해야 해."

"그럼 형은 그것까지 계산하고?"

"상미는 주방에서 홀 입구까지 38보에 들어서고, 두 줄의 테이블은 총 32보 간격이야. 2보에 1초니까 35초가 소모되는 거지."

"······!"

"게다가 만약 서빙하는 사람이 불친절하거나 실수를 한다면?"

"아!"

"요리는 다 먹은 접시가 다시 주방으로 돌아왔을 때까지가 하나의 과정이야. 그러니까 우린 이제 절반 정도를 해낸 셈이지."

장태의 설명에 세준은 놀란 입을 다물지 못했다. 예전 같으면 이런 비웃음을 마구 날렸을 일.

'쉐프가 그리 대단하냐? 주방장 주제에!'

그러나 이곳은 유명인사들이 가득 찬 헤븐 LA의 이벤트 홀 안. 분위기 또한 럭셔리의 극치. 그렇기에 그 설명이 피부에 와 닿고도 남았다.

요리도 과학이군.

세준은 고개를 끄덕거렸다.

"이건 특별히 조심!"

장태가 따로 만든 두 접시의 자개와 뇨끼를 내밀었다.

"목숨을 걸고 수행할게요."

상미가 살포시 고개로 화답했다. 그 순간, 가재가 기울며 기우뚱 흔들렸다. 상미, 그 가재가 다른 가재와 다르다는 걸 모르고 서두른 게 잘못이었다. 다행히 세준이 옆에서 접시를 잡아 흔들림을 막았다.

"······!"

더 다행히, 당근으로 씌운 가재 껍질은 큰 이상이 없었다. 장태는 살짝 흐트러진 자리를 바로잡으며 상미에게 당부를 전했다.

"특별히!"

"조심할게요."

기합이 바짝 든 상미, 접시에 완전한 수평을 잡으며 대답했다.

두 번째 접시가 나가는 사이에 귀빈들 요리도 세팅이 끝났다. 마지막 접시가 나가고, 그것이 귀빈들 테이블에 안착하는 걸 보고서야 장태는 이마에 서린 땀을 닦아냈다.

후우!

첫 폭풍은 지나갔다. 이제, 남은 건 손님들의 평가였다.

"손 쉐프!"

겨우 숨을 돌릴 때 러셀 킹이 몸소 주방으로 들이닥쳤다.

"러셀……."

"나와요. 진작 소개하고 싶었는데 워낙 바쁜 거 같아서……."

"아, 예……."

장태는 땀을 닦는 둥 마는 둥 러셀 킹을 따라나섰다.

"만장하신 여러분!"

무대로 나온 러셀 킹이 마이크를 잡았다. 장내를 울리는 기운 찬 목청이었다.

"보십시오, 여기 누가 서 있는지. 이 쉐프가 누구인지!"

러셀 킹의 목소리가 훌쩍 높아졌다. 장내가 잠시 소란스럽나 싶더니 아이 하나가 먼저 소리쳤다.

"LA 영웅 손 쉐프다!"

그러자 다른 아이들의 목소리가 뒤를 이었다.

"맞아. 손 쉐프!"

함성에 화답하는 박수 소리가 나왔다. 그 시작은 슐런트, 바닷가재살을 입에 문 거구의 몸으로 박수를 쏟아내고 있었다.

"오늘 우리 어린이들과 귀빈들에게 꿈의 성찬을 마련해 준 손 쉐프에게 뜨거운 박수를 부탁드립니다!"

러셀 킹의 목소리가 장내를 울리자,

"와아아!"

짝짝짝!

함성과 박수가 꼬리를 물고 이어졌다.

"쉐프, 이쪽으로!"

러셀 킹이 귀빈석 쪽으로 방향을 잡았다. 하지만 장태의 시선은 어린이석 쪽에 있었다.

"왜 그러시오?"

"잠시만요. 죄송합니다."

목례를 한 장태가 어린이석으로 다가갔다.

그 두 명, 베지테리안이라는 어린이들이었다. 둘은 샐러드와 단팥죽, 그리고 뇨끼를 먹을 뿐 가재와 메네아크는 손도 대지 않고 있었다.

"제가 고기가 아니라고 설명을 했는데도……."

옆에 있던 상미가 나지막이 말했다. 장태가 아이들을 바라보았다. 아이들은 시무룩. 아무래도 믿기지 않는 표정이었다.

"내가 너무 잘 만들었나?"

어깨를 으쓱한 장태, 주머니에서 핸드폰을 꺼내 들었다. 그런 다음 그걸 두 아이 가운데에 내려놓았다.

"내가 말이야 요리의 전 과정을 동영상으로 찍었거든. 잠깐만

봐줄래?"

화면이 돌아가기 시작했다. 그건 바로 식물성 재료로 바닷가 재를 만드는 과정이었다. 메네아크 안에 들어간 닭고기를 만드는 과정이었다.

"그러니까 이건 당근 껍데기를 감자와 붙여 식물성 기름에 튀긴 거고, 닭고기 역시 닭이 아니라……."

설명이 끝나기도 전에 한 아이가 가재살을 집어 들었다. 다른 아이 역시 그 뒤를 따랐다.

"잘 먹겠습니다!"

의심이 풀린 아이들이 씩씩하게 요리를 먹기 시작했다. 함박 웃음이다. 그제야 장태도 갈비뼈에 걸렸던 숨이 시원하게 새어 나왔다.

"헤이, 손 쉐프!"

다시 러셀 킹이 장태를 불렀다. 아이들 먹는 모습을 보며 귀빈석으로 다가서던 장태. 낯익은 얼굴이 보이자 걸음을 멈추고 말았다.

피터였다.

론도 케미칼의 피터…….

그 옆으로 친룽도 보였다.

둘은 찡긋 윙크로만 알은 체를 전해왔다.

"여기는 LA시장이신 사무엘. 내 골프 제자이시기도 합니다."

러셀 킹이 시장을 가리켰다.

"어이쿠, 이거 뵙기 힘든 분을 여기 오니까 뵙게 되는군."

시장은 반가이 손을 내밀었다.

"쉼터에 다녀가셨다는 말은 들었습니다. 죄송합니다."

"아닙니다. 우리 시의 영웅인데 내가 찾아다니는 게 맞지. 안 그렇습니까, 여러분?"

시장이 좌중을 돌아보며 분위기를 띄웠다.

유명인은 많고도 많았다. 에이미상을 받은 톱스타도 있었고 유명 과학자와 현직 NBA 특급 선수, 메이저리그 슬러거, 가수, 뮤지컬 톱스타 안젤라, 유명 기업인, 예술가 등등⋯⋯.

쭉 둘러본 테이블의 위용은 숨이 막힐 지경. 다만 맨 끝의 테이블만은 휑하니 비어 있었다. 꽉찬 명사들 끝에 빈 여백. 그러나 소지품이 있는 것으로 보아 임자가 없는 건 아닌 자리. 이상하게도 그게, 장태의 눈길을 끌었다.

"우린 이미 구면이니 다른 분들과 먼저 인사 나누시게."

슐런트는 고맙게도 장태를 배려해주었다.

"이분이 쉐프 저격수로 소문난 뉴욕 타임스 맛 칼럼리스트 트리스탄. 아마 요리에 대해 꼬장꼬장 딴죽을 걸지도 몰라요."

러셀 킹의 발이 꽁지머리의 백인 앞에 멈췄다.

"처음 뵙겠습니다."

장태가 인사를 하자,

"오늘 주제가 시금치라고요?"

요리에 관한 애기부터 꺼내들었다.

"예."

"뇨끼에 시금치⋯ 메네아크에도 들어갔고, 여기에도 넣었군요?"

트리스탄이 집어든 건 단팥죽 그릇이었다.

"예, 초록색 새알이 시금치 엽록소로 반죽한 겁니다."

"이거 주재료가 뭐죠?"

"Red Bean, 팥입니다. 코리아 수프지요."

"코리아 수프?"

"코리아에서 붉은 빛은 재앙이나 잡귀를 막아주는 의미를 가지고 있습니다. 아이들과 귀빈들께 행운이 깃들기를 바라는 마음으로……."

"그럼 여기 다섯 가지 칼라의 에그는 뭐죠? 재료는 라이스 종류 같은데?"

"Glutinous Rice, 햅쌀입니다. 칼라는 오방색으로 우주와 하늘, 땅, 다섯 방위를 이루는 근본을 나타내는 색으로 호박과 시금치 등으로 물을 들였습니다."

"흐음, 동양적 판타지를 담은 코리아 수프라……."

트리스탄은 박하잎을 입에 넣었다. 표정으로 보아 단팥죽에 꽂힌 모양이었다.

"이건 정말 판타스틱합니다만……."

트리스탄의 곁에 있던 흑인이 뒤를 이어 입을 열었다.

"아, 3년 전에 이 행사를 주관한 쉐프 디바바일세. 지금은 보스턴의 레스토랑에서 수석 주방장을 하고 있지."

러셀 킹의 소갯말이 따라왔다.

디바바!

그 이름은 장태에게도 낯이 익었다. 그 역시 전도유망한 쉐프로 꼽히고 있었기 때문이었다.

"주 메뉴의 구성은 훌륭하군요. 한 편의 명화를 보는 것 같습니다."

디바바의 말이 계속 이어졌다.

"그리고 이 단팥죽도 달콤하고 진한 맛에, 다섯 가지 색깔의 재미난 에그들까지……. 아이들이 뻑 가고도 남겠어요."

"……."

"시각적으로는 매우 훌륭한 구성입니다. 쉐프!"

"예."

"하지만 두 가지가 아쉽네요."

디바바가 고개를 들었다.

두 가지?

뭘까?

"하나는 겹치는 요리가 있다는 겁니다. 뇨끼와 단팥죽의 에그가 그렇고 또 하나는 청각입니다. 다 질경거리는 것뿐이니 바다가재 껍질을 와작와작 씹을 수도 없고……."

그가 웃었다. 비웃음은 아니었다. 그 역시 3년 전에 이 행사를 주관한 사람. 그렇기에 우정 어린 조언을 던지는 것이다.

"조언 고맙습니다."

"폄하를 하려는 건 아닙니다. 다만 아이들에게만이라도 그런 배려가 있었으면 하는 아쉬움에……."

"괜찮습니다. 그런데… 아이들 요리는 체크하지 않으신 모양이군요."

"아이들 요리는 다르다는 겁니까?"

"우선 뇨끼와 에그부터. 둘은 성분이 다릅니다. 에그는 찹쌀이니까요. 그리고 청각은… 아이들에게 귀를 기울여 주시면 고맙겠습니다."

장태의 시선이 아이들 테이블로 건너갔다.

"아이들이라?"

디바바 역시 고개를 들었다.

그때였다.

와작!

아자작!

아이들의 입에서 경쾌한 소리가 밀려 나왔다. 여기도 아작, 저기도 아사삭이었다. 아이들이 먹고 있는 건 시금치 뇨끼. 고개를 갸웃거린 디바바가 가까운 아이에게 다가갔다.

"얘, 나도 뇨끼 하나만 먹어봐도 될까?"

"그러세요!"

디바바의 말을 들은 여학생이 뇨끼 하나를 내밀었다. 그걸 디바바가 씹자,

와작!

하고 청량한 소리가 귓전을 울렸다.

'아몬드……'

디바바는 소리의 정체를 알았다. 입안에 고소한 아몬드 맛이 퍼져 갔다.

"손 쉐프……."

"예. 쉐프 생각처럼 아이들 뇨끼에는 안에다 아몬드를 하나씩 박아 넣었습니다. 아이들은 재미난 걸 좋아하는 데다 오늘의 주인공이기도 하니까요."

"그리고 보니 가재의 꼬리도 우리와 다르군요. 다시마 거품이

잔뜩 올라간 꼬리 부분……."

디바바의 미간이 급격히 좁혀졌다. 꼬리 또한 후원자들 요리
와는 달랐던 것.

한 아이가 포크로 거품을 걷어내자 디바바의 궁금증도 함께
벗겨졌다.

거품 아래 숨은 건 달팽이 알, 즉 장태가 말하는 달팽이 캐비
어였다. 아이들이 한 입씩 물자 오도독오도독 야릇한 소리를 내
며 터져 나갔다. 마지막으로 그가 체크한 건 베지테리안 아이
둘. 당근을 깎아 정교하게 만든 가재 껍질을 본 디바바는 두 말
도 않고 장태를 인정할 수밖에 없었다.

"원더풀!"

디바바는 날렵한 어깨를 으쓱해 보였다. 많은 좌중이 주시하
고 있지만 개의치 않는 눈치, 얼굴만큼이나 밝고 소탈한 사람이
었다.

"당신, 정말 굉장하군요. 경솔한 점 사과합니다."

디바바는 자신의 실수를 사과로 만회했다.

"아닙니다. 미처 다 설명하지 못한 제 잘못이지요."

"No, 당신이 옳아요. 오늘의 주인공은 아이들이 맞으니까 차
별화하는 게 맞는 것 같습니다."

디바바는 기꺼운 표정으로 엄지를 세웠다.

"오케이, 두말하면 잔소리지. 오늘의 주인공은 우리 아이들이
니까!"

대화를 듣고 있던 러셀 킹이 아이들을 돌아보았다. 그러자 내
외귀빈들이 일동 일어나 기립박수로 동의해 주었다.

"쉐프, 당신에게 보내는 박수라오."

러셀 킹이 장태의 등을 밀었다. 장태는 엉거주춤 귀빈들을 향해 인사를 올렸다.

"그리고 어린이 여러분!"

러셀 킹이 아이들을 향해 돌아섰다. 접시를 다 비워낸 아이들의 시선이 쏠려왔다.

"오늘 여러분이 먹은 요리 중에 가장 핵심이 뭔지 아나요?"

"……."

아이들은 웅성거릴 뿐 선뜻 대답하지 못했다.

"시금치입니다!"

시금치!

그 단어가 아이들의 표정을 후려쳤다. 어디를 봐도 찾을 수 없는 시금치. 그런데 그게 핵심이었다니?

"여러분 중에는 시금치를 싫어하는 사람도 있을 겁니다. 하지만 음식에 대해 선입견을 갖는 건 아주 나쁜 일입니다. 혹 여러분이 싫어하는 재료라 해도 누가 요리하느냐에 따라 다르게 변하니까요. 그건 바로 여러분의 미래와도 닮아 있습니다. 누구든 세상은, 자기가 원하는 일만 할 수는 없습니다. 하지만 혹 싫어하는 일을 만나더라도 오늘 여러분이 먹어치운 요리처럼 감쪽같이, 아름답게 해낼 수 있다면 여러분의 미래는 더 아름답고 행복할 것으로 믿어 의심치 않습니다."

"……."

"그런 의미에서 우리 쉐프 손에게 다시 한 번 박수 부탁합니다."

러셀 킹의 제의와 함께 박수가 쏟아졌다.

짝짝짝!

그리고 그 박수가 잦아들 때쯤, 무대에 안젤라가 올랐다.

"굉장한 뮤지컬 배우예요!"

장태는 잘 모르는 여자. 그러나 넋을 잃은 상미의 표정에는 존경과 동경의 시선이 가득했다. 그녀는 아이들 여섯을 불러내 함께 노래를 했다. 우아하고 에너지가 충만한 사람이었다.

뮤지컬이 끝나자 무대 안 쪽에서 바이올린 소리가 울려 나오기 시작했다. 너무나 경쾌한 곡에 아이들과 귀빈들의 시선이 쏠렸다.

그리고……

러셀 킹의 멘트가 꿈결처럼 이어졌다.

"소개합니다. 오늘의 마지막 연주자, 천재의 절망을 극복하고 혜성처럼 돌아온 바이올린계의 초신성 이사벨 리얀!"

'이사벨?'

낯익은 이름…….

설마…….

그 이사벨?

장태의 시선은 광속 미사일처럼 무대 쪽으로 날아갔다.

*　　　　　*　　　　　*

이사벨 리얀…….

그녀였다.

그녀가 분명했다.

그러나 장태가 아는 그녀는 아니었다. 검은 벨벳의 연주복에 가슴골을 우아하게 드러낸 자태. 다리를 덮을 정도로 긴 드레스는 그녀를 차라리 엘프로 착각하게 할 정도였다.

숭고한 엘프의 연주.

그건 천상의 멜로디였다. 하나하나 살아서 장태의 가슴으로 뛰어드는. 그래서 차라리 혼절하고 싶은…….

"형!"

세준이 다가왔다. 손리도 안나도 가까워졌다. 셋은 장태 곁에서 넋을 놓고 이사벨에 홀렸다.

좌좌좌장!

챙촤장챙!

이사벨의 멜로디는 뛰고 또 날았다. 결국 아이들이 일어서고 귀빈들도 일어섰다. 모두가 홀린 것이다.

"아는 사람이지요?"

러셀 킹이 물었다.

"예…….

"오늘 연주를 부탁했는데 거절 먹었습니다."

그러면서 은근히 웃는다.

"……?"

"그래서 내가 LA의 영웅 쉐프가 온다고 체면 좀 봐달라고 했더니 이름을 물어요."

이사벨이?

"손 쉐프라고 말하니까 바로 OK 나왔습니다."

러셀 킹의 입가에 흐뭇함이 스쳐 갔다.

장태의 시선은 러셀 킹 뒤의 이사벨에게 향했다. 본능적으로 오방색부터 읽었다.

녹적황백흑!

다섯 색은 분명 선명해졌다. 물론 아직도 최고의 활력은 아니었다.

그러나 테마는 분명······.

(활력)

이제는 더 이상 그녀를 염려하지 않아도 될 것 같았다.

'완전히······.'

그녀는 회복되었다.

장태가 혼자 고개를 끄덕거릴 때 이사벨은 경쾌한 음을 타며 계단을 내려섰다. 그러고는 아이들 곁으로 다가왔다.

그녀는 아이들과 눈을 맞추며 연주를 계속했다. 그녀가 점점 가까워졌다. 아이가 하나씩 멀어지면서 그만큼씩 다가왔다. 그리고······.

마침내 장태의 옆에 나란히 섰다.

촤쟝!

촤좌쟝!

현을 극한으로 밀어붙이는 이사벨, 벅찬 마음을 다 쏟아내려는 듯 역동적인 카텐차를 울리며 연주를 끝내는 이사벨, 이사벨.

"와아아!"

"와아!"

아이들에게서, 귀빈들에게서 미칠 듯한 환호와 박수가 쏟아져 나왔다.

"쉐프……."

이사벨, 그녀가 장태에게 시선을 맞춰왔다.

"이사벨……."

놀란 장태의 목소리가 떨었다. 그녀는 분명 이사벨이었다. 그러나 장태가 아는 노숙자 이사벨은 아니었다. 이사벨은 청중을 향해, 그리고 장태를 향해 꾸뻑 감사의 세레모니를 날려왔다.

"여러분!"

마이크를 받아 든 이사벨, 뮤지컬 스타 안젤라와 나란히 서더니 좌중을 향해 말문을 열었다.

"오늘은 아주 뜻깊은 날입니다. 미래의 주역이 될 어린이들을 격려하는 자리에 불러주셔서 정말 고맙습니다."

"……?"

무슨 말을 하려는 걸까? 그녀에게 홀린 좌중은 일제히 숨을 죽였다.

"저는 여기 있는 어린이들이 제가 방황을 극복했듯 당당하게 자신의 미래로 나갔으면 하는 소망이 가득합니다."

"……."

"저는 믿습니다. 여기 온 어린이들이 장차 우리 미국, 아니 전 세계를 선도하는 주축으로 자랄 것을……!"

"……."

"그 이유는 저기 손 쉐프님 때문입니다."

이사벨의 시선이 장태에게 넘어왔다. 동시에 좌중들의 시선도 장태에게 쏠렸다.

"손 쉐프님의 요리는 결코 허투루지 않습니다. 저분은 한 사람 한 사람에게 애정을 가지고 그 사람에 맞는 요리를 해주시며, 설령 그를 무시하고 거절하는 사람조차도 포기하지 않는 마음을 가진 쉐프입니다."

"……."

"그렇기에 여기 온 어린이들, 그리고 내외귀빈 여러분, 이분의 요리를 먹은 건 여러분 생의 큰 축복입니다. 여러분은 반드시 성취하고자 하는 바를 이룰 것을 믿어 의심치 않습니다."

"……."

"왜냐하면……."

"……."

"저를 절망에서 건져 준 것도 바로 쉐프님의 요리이기 때문입니다."

'이사벨…….'

장태의 귀가 웅웅거리기 시작했다. 바로 거기서부터 아무 말도 들려오지 않았다. 이사벨은 장태를 가리켰고 사람들은 박수를 쳐 댔다.

소리는 없었다. 마치 거대한 진동에 홀린 것처럼 동작만이 장태를 덮쳐 오고 있을 뿐.

그리고…….

이사벨도 장태를 덮쳐 왔다. 영락없는 엘프인 그녀……. 꿈결처럼 다가와 장태에게 가벼운 포옹을 작렬시켰다.

파앗!

그 미소를 보는 순간, 정지된 시간이 풀리듯 소리가 벽력처럼 느껴지기 시작했다.

쉐프 손!

쉐프 손!

짝짝짝!

짝짝짝!

장태는 무엇에 홀린 듯 좌중들에게 인사를 전했다. 그사이에 이사벨은 벌써 단상으로 올라가 두 번째 곡을 장전하고 있었다.

모차르트 바이올린 소나타 305번 1악장.

바이올린 현이 힘차게 울자 일동은 완전히 시선을 강탈당하고 말았다. 장태는 그 노래를 알 것 같았다. 쉼터에서 이사벨이 장태에 바친 그 노래…….

"형!"

정신줄에 겨우 울림이 오는가 싶을 때 세준이 엄지를 세워 보이며 웃었다.

"으음…….."

그 뒤로 이어지는 고민 담긴 손리의 신음.

"뭐야? 이렇게 되면 이사벨 누나가 쉐프를 좋아한다는 건데……"

제법 심각한 표정의 손리에게 돌아간 건 꿀밤 한 대였다.

"형!"

"왜?"

"혹시 몰라서 하는 말인데요, 저 이사벨 안 좋아해요."

"응?"

"그때는 그냥 패거리……. 뭐 아무튼 그렇다고요."

"나도 마찬가지."

"예?"

"잘 봐라. 이사벨이 어떤 존재인지……. 범접이나 하겠냐? 나도 그저 그녀를 안타깝게 여긴 쉐프일 뿐이었어."

시선이 담담해질 때 슐런츠가 엄지를 세워 보였다. 각도를 더 돌리니 친룽과 피터도 그랬다. 사업가도 스타도, 심지어는 상미 팀까지.

무대 위에서는 흐드러진 꿈결의 선율이 끝날 줄도 모른 채 계속되고 있었다.

와아아!

원더풀!

연주는 끝나도 환호와 갈채는 끝이 나지 않았다. 장태 역시 몇 분인가 모를 정도로 계속 박수를 쳐 댔다. 이사벨은 우아하게 내려와 자기 자리에 앉았다. 귀빈석 끝의 빈자리. 어쩐지 마음이 쓰이던 거기가 그녀의 자리였다.

"여러분, 천상의 선율, 이사벨에게 다시 한 번 뜨거운 박수 부탁합니다!"

러셀 킹이 이사벨을 가리키자 박수가 이벤트홀을 울렸다.

"여러분도 아시다시피 제가 이사벨 연주에 뻑 간 사람 아닙니까? 다시는 그녀의 연주를 못 들을 줄 알았는데 이렇게 다시 들으니 리얼 해피하군요."

러셀 킹은 계속 말을 이어갔다.

"얼마나 해피한지 연속 홀인원이라도 친 기분인데 제 본분이 있으니 정신을 차리렵니다. 안 그렇습니까?"

"하하핫!"

좌중은 웃음으로 러셀 킹의 조크에 화답했다.

"에, 그럼 시작해볼까요? 우리 러브리한 아이들을 위한 여러분의 후원금 배틀!"

후원금 배틀?

구석으로 물러난 장태가 고개를 들었다. 고아들을 위한 결연과 후원, 그걸 시작하려는 모양이었다. 방법은 아직 모르는 장태. 궁금증이 일었다.

"그럼 먼저 오늘의 요리에 대한 배팅입니다. 다 아시겠지만 여러분의 배팅액은 전부 이 아이들과 다른 고아들을 위한 복지, 장학금으로 쓰인다는 거, 한 번 더 강조하고 시작합니다."

러셀 킹이 귀빈들의 앞으로 나와 자리를 잡았다.

"쉐프 요리를 평가하려나 봐요."

숀리는 긴장과 기대가 뒤섞여 후끈 달아오른 표정.

"얼마나 걷힐까요?"

세준은 이미 감을 잡은 얼굴이다.

"오늘의 요리, 여러분은 얼마를 기꺼이 치르겠습니까?"

러셀 킹의 목소리가 좌중을 향해 날아갔다.

"여기요!"

제일 먼저 손을 든 건 피터였다.

"10만 불 쏩니다!"

주저 없는 목소리.

10만 불!

장태는 귀를 의심했다. 시금치 뇨끼와 바닷가재, 거기에 더한 단팥 파스타와 메네아크 정도에 10만 불이라니?

"여기도 10만 불입니다."

그 콜을 친룽이 이어 받았다.

오 마이 갓!

장태의 귀가 얼얼해지기 시작했다.

"어이쿠, 이거 나도 체면에 어쩔 수 없군. 10만 불 콜!"

이번에는 산더미만 한 덩치의 슐런트가 뒤를 이었다.

"나도 10만이오!"

"10만!"

여기저기서 10만 불 콜이 쏟아졌다.

"형!"

"쉐프……."

세준과 숀리가 좋아 어쩔 줄을 몰랐다. 하지만 그건 끝이 아니었다. 다른 귀빈들이 1만 불, 3만 불 등으로 뒤를 이을 때, 이사벨이 손을 들었다.

"마지막으로 이사벨입니다."

러셀 킹의 시선이 이사벨에게 향했다. 그녀는, 한 손에 든 사과수정과를 천천히 비워내더니 차분하게 입술을 열었다.

"이 봉투는 제가 1학년 때 퀸 엘리자베스 콩쿠르에서 그랑프리를 먹었을 때 받은 후원금의 하나입니다. 방황한 잘못을 반성하는 의미를 담아 기꺼이 아이들의 미래에 보내겠습니다."

이사벨이 봉투를 들었다.

"숀리!"

그녀가 손짓하자 숀리가 팔랑 달려갔다.

"전해주겠니?"

"네, 얼마든지!"

이사벨이 불러준 것만으로 얼굴이 붉어지는 숀리. 숀리에게도 그녀는 이미 노숙자 쉼터의 이사벨이 아니었다.

"이거 굉장히 뜻깊은 후원금이 나올 모양입니다. 이사벨 양이 명망 있는 콩쿠르에서 받은 후원금을 그대로 전해오다니……."

봉투를 받아든 러셀 킹은 더없이 뿌듯한 표정을 지었다.

사각!

풀벌레 날개처럼 엷은 소리를 내며 봉투가 열렸다. 금액을 확인한 러셀 킹, 떨리는 소리로 말을 이었다.

"써리 따우전드 달러……."

그 말을 들은 숀리, 재빨리 세준을 돌아보았다.

"3만 불!"

세준은 바로 통역(?)을 해주었다.

"3만 불입니다, 여러분!"

짝짝짝!

좌중들은 일동 이사벨을 향해 기립박수를 보냈다. 자신이 받은 후원금을 아낌없이 쾌척한 그녀. 10만 불에 못지않은 의미가 담긴 돈이었다.

그때 또 한 사람의 손이 올라갔다.

장태였다.

"아, 쉐프 손은 무슨 일로?"

러셀 킹이 물었다.

"저도 동참하겠습니다. 오늘 수고비로 받은 2만 불, 적지만 아이들을 위해 쾌척합니다."

"......!"

장태의 2만 불.

그 또한 이사벨의 3만 불 못지않은 신선한 충격이었다. 잠시 얼떨떨하던 귀빈들은 장태의 결정에도 성원을 보내주었다. 박수를 따라 이사벨의 시선이 건너왔다.

당신이 최고예요.

우뚝 선 그녀의 엄지가 그 말을 대신하고 있었다.

내가 볼 때는 이사벨이 최고.

장태 역시 엄지로 화답을 보냈다. 돈이 아니라 기어코 절망을 극복해 낸 그 의지력에.

*　　　*　　　*

"쉐프 손!"

아이들이 후원자들과 어울리는 동안 러셀 킹이 장태를 불렀다. 걸어가며 돌아보았다. 이사벨은 한 여학생과 이야기를 나누고 있다. 그녀 역시 장태를 돌아보고 있었다.

"시장님이 좀 보자시는군."

러셀 킹이 장태를 끌었다.

"이어, 쉐프 손!"

휴게실 창가에 있던 시장이 장태를 반겨주었다. 옆에는 비서가 동행하고 있었다.

"이제야 오붓하게 만나게 되는군요. 다시 한 번 반갑습니다."

시장이 손을 내밀었다.

"영광입니다."

장태가 그 손을 잡았다.

"영광은 나의 몫이지요. 이제껏 시장 생활 헛했나 봅니다."

"예?"

"그게 시장님 말씀은, 손 쉐프 같은 사람을 두고도 몰랐으니 시정 파악에 실패한 거라며……."

뒤에 있던 러셀 킹이 끼어들었다.

"어이쿠, 그렇게 공박한 건 당신 아니오?"

시장도 맞장구를 친다.

"그건 그렇고 진짜 수고가 많습니다. 솔직히 나보다 가치 있는 일들을 하고 계시군요."

시장의 시선이 장태에게 돌아왔다.

"별말씀을……."

장태는 겸손하게 대답했다.

"미국 시민권자시라고요?"

"예……."

"그래도 그렇지, 노숙자들 돌보는 거에다 살인마 검거에도 공을 세우고, 나아가 우리 아이들의 장래를 위해서 2만 불 쾌척까지……."

"그냥 하루 봉사한 것일 뿐입니다."

"좋아요. 그래서 더 훌륭하다는 겁니다."

"시장님……."

"오늘 아드리안은 오지 않았죠?"

"아드리안요?"

"그 친구 아주 골칫덩이지요. 시정에도 감 내놔라 콩 내놔라 하고……."

"……."

"그 친구가 그래요 지금 쉐프 손이 사용하는 주방 터를 레스토랑 용도로 불하해 주라고 말입니다."

"……?"

"그러면 LA의 명물이 될 거라나요? 그냥 맛있는 요리가 아니라 특별한 사람들을 대상으로 특별한 요리를 하는……."

"저는 잘 모르는 이야기입니다만……."

"처음에는 고려하지 않았는데 아까 농구 황제 슐런트가 이상한 얘기를 하더군요."

"……?"

"당신이 사람에 따라, 즉 그 몸과 마음에 따라 요리를 조절해 치유하는 게 가능하다고……."

"……."

"USA 투데이인가 거기 보니 그런 말이 있긴 하더군요. 살인마 3형제의 식성을 읽어내 그에 맞춘 식재료 사용으로 잠을 재웠다고요?"

"시장님."

"단도직입적으로 말하는데 나한테도 확인할 기회를 줄 수 있겠습니까?"

"……"

"내가 아는 분의 딸이 있는데 중요한 오디션을 앞두고 있어요. 그런데 이 친구가 평소에는 실력이 짱짱한데 오디션 장에만 가면 떨려서 모두 망치고 마는 겁니다. 약을 먹고 심리 상담까지 받았지만 다 소용이 없어요. 오죽하면 그것 때문에 콤플렉스가 생겨서 자살까지 시도했던 아이입니다. 그런 아이도 당신의 요리로 가능할까요?"

용기를 줄 수 있니?

시장의 눈이 장태에게 꽂혀왔다.

"시장님!"

듣고 있던 러셀 킹이 제동을 걸었다.

"미안하지만 나는 지금 시정(市政)을 수행 중입니다만!"

시장이 잘라 말했다.

"그게 어떻게 시정이라는 겁니까?"

"왜 아닙니까? 이건 사실 확인이에요. 잘하면 두 사람을 살릴 수 있는 일이잖습니까? 그 재능 있는 아이와 여기 쉐프 손……"

시장의 시선은 장태에게서 떨어지지 않았다.

"해보죠!"

장태의 대답이 떨어졌다.

"쉐프 손. 시장님 지위 때문이라면 거절해도 됩니다. 여기 주최자는 나니까 내가 불이익이 없도록 책임지겠습니다."

러셀 킹이 배려해 왔다.

"아뇨. 그런 친구라면 기꺼이 요리를 해보고 싶군요. 대신……"

장태, 시장을 바라보며 남은 말을 이었다.

"쉼터 불하에 다른 조건을 끼우는 건 반대합니다. 저는 그 일에 약간의 출장비와 재료비면 충분합니다."

재능은 있되 실전에 약한 아이!

그 아이를 위한 장태의 요리 도전.

그렇게 결정이 되었다.

*   *   *

정신없이 바빴다. 아이들도 바쁘고 장태도 바빴다. 후원자들 팀에 끼어 농구를 했다. 아이 둘에 어른 둘의 4인 농구였다. 스포츠만큼 서로 친해지는 일도 드물다. 하지만 상대가 하필이면 슐런트 팀이었다.

"아, 진짜……."

장태의 편이 된 두 아이가 탄식을 토했다. 슐런트는 무려 2미터 이상. 그냥 서 있기만 해도 이길 수 있는 하드웨어였다.

"대신 말이야, 나는 슛도 안 하고 한 손만 쓰지!"

그가 알아서 대책을 내놓았다.

"좋아요!"

동시에 아이들의 절망도 절반은 사라졌다.

삐익!

호각 소리와 함께 농구가 시작되었다.

"쉐프!"

아이가 장태에게 공을 날렸다.

농구…….

낯설지 않았다. 쉼터에서도 순리와, 혹은 다른 아이들과 간간히 시간을 죽이던 농구. 하지만 슐런트가 버틴 농구장은 확연히 달랐다. 그가 누구인가? 한때는 NBA의 전설, 그리고 지금도 역시 이 코트의 전설이었다.

"……?"

찬스, 몸을 돌려 슛을 날리려 할 때 장태는 첫 절망을 만났다. 난데없는 장벽, 바로 슐런트였다. 슐런트는 가볍게 슛 블록을 해 낸 후 튄 공을 잡았다. 한 손으로도 거칠 것 없는 솜씨였다.

"헤이, 조니!"

슐런트의 패스를 받은 아이가 훌쩍 뛰어올랐다.

골!

골!

골!

점수는 순식간에 벌어졌다. 무려 12 대 0이 된 것. 그나마 슐런트가 슛을 날리지 않는 게 다행이었다.

"우우!"

구경하던 좌중 틈에서 귀여운 야유가 터져 나왔다.

"쉐프, 힘내요!"

이사벨의 응원도 들렸다.

한 골! 장태 팀에는 딱 한 골이 필요했다. 어차피 승부가 중요한 게임도 아니었다.

'그렇다면?'

공을 잡은 장태가 질주해 갔다. 슐런트는 길목을 알고 있었다. 아이들과 패스를 주고받은 장태, 서툰 페인트 모션을 써보지만 슐런트는 속지 않았다. 어디가 숏 지점이고 어디가 착지점인지 훤히 꿰고 있는 까닭이었다.

하지만!

태산이 버티고 있다고 길이 없는 건 아니었다. 오른쪽 왼쪽 페인트를 두 번 잇달아 취한 장태, 슐런트가 다리를 벌린 사이로 공을 바운드시켰다.

숏!

다리 뒤편의 아이가 공을 잡아 링을 향해 던졌다. 좌중의 시선들이 일제히 공의 궤적을 따라 움직였다.

"골인!"

공이 그물을 흔들자 아이들이 주먹을 불끈 쥐었다.

"나이스, 쉐프!"

손리의 목소리도 들려왔다.

물론, 게임은 졌다. 스코어는 무려 24 대 8이었다. 하지만 이긴 것에 못지않았다. 슐런트 팀의 아이들보다 장태 팀의 아이들이 더 기뻐했기 때문이었다. 그들이 상대한 팀은 슐런트였다. 농구 황제를 상대로 네 골을 뽑았으니 의미가 컸던 것이다.

"쉐프……."

장태 팀의 게임이 끝나자 이사벨이 손수건을 내밀었다. 하얀 손수건에서는 맑은 향수 냄새가 났다.

"이거 내가 써도 돼……."

요?

자신도 모르게 그만 존대가 나오고 말았다.

"당연하죠. 쉐프는 그럴 자격이 있잖아요."

"내가 무슨……."

"목소리 왜 그래요?"

"응? 뭐가……?"

"조금 이상하잖아요? 그냥 전처럼 대하세요."

이사벨이 웃었다.

"응? 응……."

그래도 여전히 맥이 빠진 장태 목소리.

"내 근황 궁금하죠?"

"응!"

"마약은 제가 학교 측에 커밍아웃을 했어요. 지도 교수님이 제 심리적 부담감이 패닉 상태였음을 인정하고 학교 측에 최소한의 징계를 부탁해 주셔서 잘 해결될 것 같아요."

"잘됐네."

"저 이제 가야 해요. 지도 교수님이 기다리실 거예요."

"그래……."

"저랑 약속한 거 아직 유효하죠?"

"치킨 스튜?"

"네."

"언제든!"

"오늘 요리 진짜 멋졌어요."

이사벨이 손을 내밀었다.

"이사벨의 연주도."

"또 봐요."

이사벨은 찡긋 윙크를 남기고 돌아섰다. 그녀의 걸음을 따라 이명이 끼어들었다. 모차르트 바이올린 소나타 305번 1악장……. 그녀의 걸음이 그 소리를 내는 것만 같았다.

"이사벨, 굉장한데요? 그녀도 그 부모님도……."

뒤쪽에 있던 세준이 화면을 보며 말했다. 그새 그녀를 털어본 모양이었다.

"부모님이 할리우드 큰손이시네요. 공연 기획자이기도 하고……."

아무렴 어떻겠어?

사실 중요하지 않았다. 장태에게 중요한 건 그녀가 제자리로 돌아갔다는 것뿐. 그리고, 다시 그녀의 소중한 꿈을 꾸고 있다는 것뿐.

"쉐프!"

잠시 넋을 놓고 있을 때 손리가 뛰어왔다.

"응? 왜?"

시치미를 떼고 반응하는 장태.

"어떤 분이 찾으세요."

"나?"

"이거 보여요?"

손리가 장태 눈앞에 손가락을 흔들었다. 초점이 풀린 걸 눈치챈 것이다.

"까불래?"

장태가 주먹을 쥐어 보였다.

"쳇, 그걸로 때리기만 해봐요. 그럼 이 전화번호는 쓰레기통으로 직행할 테니까."

손리가 메모 한 장을 흔들었다.

"전화번호?"

"이사벨 누나의 전화번호. 내가 쉐프를 위해 땄거든요."

"……."

"자요. 선물이에요. 누나도 두말없이 써주던데요."

"됐고, 나를 찾는 분은 누구야?"

번호를 받아 든 장태, 관심 없는 척하며 죄 없는 손리를 다그쳤다.

"저기 오셨네!"

손리의 손이 장태 뒤를 가리켰다. 거기 우뚝 선 두 사람. 슐런트와 디바바였다.

"예? 요리 대회 출전요?"

장태가 눈을 휘둥그레 떴다. 두 사람이 뜻밖의 제안을 해온 것이다.

"좀 독특한 대회죠."

디바바가 차를 마시며 장태를 바라보았다.

"독특하다면?"

"혹시 인터내셔널 에이드라고 들어보셨습니까?"

"금시초문인데요?"

"그렇군요. 하긴 쉐프 손도 오리지널 미국인은 아니니……."

"……."

"간단하게 설명드리자면 3세계 지원사업가들 모임이라고나 할까요? 매년 뉴욕의 롱아일랜드에 모여서 지원 국가를 결정하는데 미식 코너가 포함되어 있습니다."

'미식 코너?'

"여섯 명씩 순번대로 돌아가며 참석해서 친목도 다지고 지원금을 교부할 국가도 선정하곤 하는데……."

디바바는 남은 차를 다 마시고 뒷말을 이어갔다.

"요리 대회 최종 우승 쉐프들에게도 지원국 결정 기회를 주지요."

"지원국 결정 기회를요?"

"그분들이 지원하는 나라들은 다 어려운 나라예요. 달리 보자면 어느 나라를 지원하든 나쁠 것도 없고 해서 모임에 즐거움을 더하기 위해 특별한 문제가 없으면 쉐프의 의견을 적극 반영해 줍니다만……."

"……."

"2인 1조로 참가하는 건데, 멤버가 마땅치 않아 같이 일하는 쉐프에게 부탁을 해둔 상태였습니다."

"그런데 왜 제게?"

"당신의 요리를 보고 반했지요. 거기다 슐런트의 말까지 듣고 보니 마음이 뺙 갔어요. 당신이라면 내 꿈을 거들어줄 수 있을 거 같아서요."

"꿈이라고요?"

"이 친구, 에티오피아 출신이거든. 그 나라도 가난하지 않나? 그래서……."

잠자코 있던 슐런트가 도움말을 던졌다.

"맞아요. 내가 할 줄 아는 건 요리뿐인데 거기서 우승을 하면 에티오피아에 지원을 요청할 수 있잖아요. 그럼 우리 어린이들이 얼마나 좋아하겠어요. 물론, 당신도 원하는 나라를 지목할 수 있고요."

"두 사람이 다 의견을 낼 수 있다는 거로군요."

"그게 관례랍니다. 그들은 매년 10여 개 국을 정해 지원을 하고 있거든요."

"하지만 저는 어떤 형식인지도 모르고……."

"제가 듣기로 CIA 출신이라고 들었는데 맞죠?"

"예……."

"거기서 숱한 과제와 과제 경연을 경험하지 않았습니까?"

"그렇긴 합니다만……."

"그것과 다를 바 없습니다. 참가 팀은 모두 여섯인데 인터내셔널 에이드 구성원들은 모두 세 끼를 먹습니다. 블랙퍼스트, 런치, 디너. 메뉴는 그때그때 주제에 따라 정하고 그들이 맛을 본 다음에 탈락자를 정합니다. 처음에 두 팀, 두 번째 두 팀, 그리고 남은 두 팀 중에서 마지막에 한 팀이 떨어지는 거죠."

"……."

"참가가 허용되면 왕복 비행기 표와 숙박비는 그분들이 제공하고 우승 상금은 1만 불, 탈락은 2천 불이 수여됩니다."

"디바바……."

"솔직히 우승 상금은 얼마 되지 않습니다. 둘이 나누면 5천 불이니까요. 물론 만약 우리가 우승한다면 당신에게 다 드리겠습니다."

"그럼 그분들이 지원하는 금액은 얼마나 되는지……."

"매년 조금씩 변동이 있는데 작년 기준으로는 국가당 약 1억 불이었습니다."

"……!"

1억 불?

장태의 벌어진 미간은 쉽게 좁혀지지 않았다. 물경 1억 불이라고?

"그거면 에티오피아 아이들 수만 명을 살릴 수 있지요."

"……."

"도와주시겠습니까?"

"디바바……."

"당신 지금 당신에게 완전 필이 꽂혔습니다, 당신이라면 내 조국의 아이들에게 희망봉이 될 수 있습니다."

"슐런트……."

장태는 슐런트에게 시선을 옮겼다. 그는 어떻게 생각하고 있을까?

"디바바가 3년 전 런치 때 탈락했지?"

슐런트가 짐짓 입을 열었다.

"예."

"두 사람이 합치면 올해는 해볼 만하다고 보는데 말이지……."

슐런트가 턱을 괴며 웃었다.

"부탁합니다!"

디바바의 검은 손이 장태의 손을 잡았다.

"디바바……."

"여기 아이들에게도 꿈을 주었지 않습니까? 그러니 우리 에티오피아 아이들에게도……."

"하지만 이 행사를 거친 쉐프가 나밖에 없는 것도 아닌데……."

"연락이 닿는 세 분에게 제의를 했었는데 전부……."

디바바가 제 목을 스윽 그어 보였다. 뺀찌를 먹었다는 뜻이었다.

이해가 갔다. 쉐프라고 다 고결하고 숭고한 건 아니다. 일부는 돈을 밝히는 사람도 많았다. 아니, 돈만을 위해 사는 쉐프도 있었다. 하지만 그건 각자의 길. 탓할 일은 아니었다.

"언제죠?"

장태가 묻자,

"땡큐, 베리 머치!"

디바바는 승낙의 뜻으로 알고 와락 포옹을 해왔다. 이쯤 되니 거절은 꿈도 꿀 수 없게 되었다.

뉴욕 인터내셔널 에이드!

어찌 보면 흥미롭기도 했다. CIA를 졸업한 후에는 특별한 요리 대회를 치르지 않은 장태. 갑자기 참가자들이 궁금해지기 시작했다.

"그건 그날이 되어야만 알 수 있네."

장태의 질문을 받은 클런트가 대답했다. 그도 그 대회를 들은 처지. 그러나 큰 틀 외에는 아는 게 없었다.

미지의 여섯 팀!

급 당기기 시작했다.

　　　　　*　　　　　*　　　　　*

"쉐프……."

행사가 끝나고 돌아갈 시간, 숀리가 울먹이며 주방으로 들어섰다.

"무슨 일이야?"

짐을 챙기던 세준이 물었다.

"아무것도요."

"아무것도 아닌 게 아닌데?"

"키힝!"

숀리의 눈에서 닭똥 같은 눈물이 떨어지기 시작했다.

"말해 봐. 누가 뭐라고 하든?"

장태가 다가섰다.

"그게 아니고 헬릭, 그 어리바리 자식이요."

"네 친구?"

"네……."

"걔가 뭐라고 그래?"

"아뇨. 그 바보 같은 자식만 정기 후원자를 못 구했대요."

고개를 드는 숀리의 눈은 흥건히 젖어 있었다. 잘난 척한다고 미워하던 숀리. 그래도 미운 정이 박힌 건지 친구의 불행이 마음 아픈 모양이었다.

"숀리……."

"븅신 새끼, 나한테는 그렇게 잘난 척하더니……."

"그래도 후원금은 분배될 거야."

장태, 숀리를 위로해 주었다. 후원금은 아까 배팅한 금액을 대학 때까지 나눠주는 것이니 빈손은 아닌 것이다.

"그래도요. 다른 애들은 다 정기 후원자들 차 타고 갔는데 혼자만……."

"지금 어디 있는데?"

"밖에 행사 차예요."

"숀리!"

장태는 키를 낮춰 숀리와 눈높이를 맞췄다.

"예!"

"너 친구를 미워한 게 아니었구나?"

"미워요. 하지만… 그래도 잘되면……."

"헨릭도 마음이 아프겠네?"

"그럴 거예요. 아까 요리 먹을 때 보니까 기대가 빠방하더라고요. 자기 마음에 드는 후원자 옆에서 아양도 떨고 그랬는데……."

"그럼 너라도 맛나게 응원해 줘."

"내가 뭘로요? 나는 가진 것도 없는데……."

"왜 없어? 넌 오늘 여기 부주방장이었는데."

"쉐프……."

"잊었어? 폼 수플레."

"폼 수플레요?"

"네가 최고잖아? 헨릭의 꿈이 사라지지 않게 잘 부풀려서 안겨주렴. 가면서 먹게."

"금방 떠날지도 모르는데요?"

"내가 잡아둘게."

"쉐프······."

"기름 온도 알지? 기구는 많으니까 세 군데 동시에 불 당겨놓고 시작해."

"······."

"스타트!"

장태가 숀리 등을 밀었다. 꿀꺽 마른침을 넘긴 숀리, 팔을 걷어붙이더니 감자를 벗기기 시작했다.

"야, 껍질은 내가 도와줄게. 주방에서는 내가 네 밑이라며?"

세준이 웃으며 합류했다.

그걸 본 장태, 씨익 미소를 머금은 채 밖으로 나갔다.

헨릭은 정말 혼자였다. 차 안에서 고개를 숙인 폼이 그의 실망감을 읽게 해주었다. 사실은 후원금만 해도 굉장한 혜택이지만 인간은 늘 비교하게 마련.

다른 아이들이 다 잘되었으니 의기소침한 건 당연한 일이었다.

부릉!

기사가 시동을 걸자 장태가 막아섰다. 장태는 잠시 시간을 벌었다. 숀리는 한참 후에야 나왔다. 그런데 그 뒤를 따르는 사람. 세준이 아니라 트리스탄이었다.

"먹어!"

차에 오른 숀리는 퉁명스레 폼 수플레를 내밀었다.

"······."

고개를 들고 대꾸하지 않는 헨릭.

"내가 만든 거야."

"됐거든."

헨릭이 고개를 돌렸다.

"먹어, 이 멍청아. 그리고 꼭 네가 꿈꾸던 대학에 가란 말이야!"

숀리는 폼 수플레를 거칠게 안겨주고 버스에서 내렸다.

부릉!

다시 시동이 걸릴 때였다. 이번에는 트리스탄이 버스를 막아섰다.

"저 소년 이름이 숀리죠?"

트리스탄이 장태를 바라보았다.

"예……."

"주방에 남아 감자를 튀기길래 이유를 물었습니다."

"……."

"그랬더니 그래요. 자기는 지금 친구의 꿈을 부풀리고 있는 거라고."

"……."

"가만히 보니 감자가 맛나게 부풀더군요. 그걸 당신에게 배웠다고요?"

"예……."

"그래서 말인데… 돌아가면 숀리에게 전해주세요. 내가 감자의 꿈을 샀다고요."

"예?"

"딱 한 아이가 남아서가 아닙니다. 저렇게 좋은 친구를 둔 아이라면 당연히 정기 후원을 받을 자격이 있다고 생각하거든요."

"트리스탄!"

"아이는 제가 태워다 줄 생각입니다. 오늘 요리, 맛있었습니다."

가볍게 인사를 한 트리스탄, 차로 올라가더니 헨릭을 데리고 내려왔다. 시들었던 헨릭의 표정이 살아나는 게 보였다.

트리스탄의 차가 빠져나갈 때쯤 손리가 모습을 드러냈다. 트리스탄의 일을 모르는 손리는 얼굴이 흠씬 젖어 있었다. 어디 가서 세수로 눈물을 감추고 온 모양이었다.

그때!

저만치 멀어지던 자가용이 후진을 하며 달려왔다. 그리고 헨릭이 뛰어내렸다.

"야, 오줌싸개 손리!"

"……."

"얘기 다 들었어. 정말 고마워."

"헨릭!"

"나 꼭 하버드에 갈게. 넌 훌륭한 쉐프가 돼. 그리고 나서 다시 만나자. 우리 고아원 그 나무 아래서!"

"헨릭!"

"고마워!"

헨릭은 폼 수플레를 든 채 손리를 와락 껴안았다.

와삭!

와사사삭!

너무 세게 포옹하는 통에 감자 부서지는 소리가 장태 귓전을
파고들었다.

　"소리 좋은데요?"

　장태 옆의 세준이 씨익 웃었다.

　와삭!

　정말 듣기 좋은 소리였다. 어쩌면 숀리, 그동안 만든 폼 수플
레 중에서 최고의 작품을 만든 건지도 몰랐다. 이래서 그런 말
이 있다. 요리는 귀로도 먹는다.

　와사삭!

　숀리와 헨릭, 둘 사이에서 뜨겁게 부서지는 폼 수플레 소리.
지금이 바로 귀가 요리를 먹는 순간이 아닌가?

4장

두드리면 열리나니

"수고했네!"

돌아오는 길에 병원에 들렀다. 스승은 장태의 노고를 치하해
주었다.

"아, 진짜 왕 쉐프님도 보셨어야 했는데……."

손리의 목소리가 높아졌다.

"너도 한몫을 했다고?"

스승이 웃었다.

"헤헷, 한몫은 아니고요, 그냥……."

"아닙니다. 손리가 크레프를 맡았는데 아주 반응이 좋았습니
다. 세준이도 많이 도왔고요."

장태는 세준이까지 꼼꼼하게 챙겼다.

"저야말로 그저 허드렛일밖에는……."

"주방에서는 허드렛일이 진짜 일이지. 그건 표시도 나지 않기 때문에 묵묵히 해내기 어려운 거라네."

스승은 장태 편을 들었다.

"그나저나 다시·한 번 죄송합니다."

지은 죄를 알고 있는 세준. 막상 병원에서 스승을 보니 더 미안한 모양이었다.

"아니야. 덕분에 떵까떵까 호강하고 있지 않나? 자네도 좋아졌고."

"……"

"약은 이제 끊었다고?"

"예……"

"잘 생각했네. 인생이라는 거 말이야, 너무 낭비하면 죄악이라네. 젊은 때 그 정도 했으면 됐어."

"명심하겠습니다."

"그나저나 손 쉐프가 점점 바빠지겠군."

스승의 시선이 장태 쪽으로 넘어왔다.

"재주도 없으면서 일만 벌이는 거 아닌가 모르겠습니다."

"허튼 소리. 자네 정도면 어디 가서도 꿀리지 않아. 뭐든 도전하시게. 시장이 레스토랑 허락해 준다면 넙죽 받아들이고……"

"그 일은 선결 과제가 있어서……"

"세상에 공짜가 있나? 뭐든지 대가를 치러야지. 그런 다음에 얻은 결실이 더 값진 거고."

"아무튼 다 선생님 덕분입니다."

"그만 가보게. 아드리안이 기다릴 텐데……"

"그래야겠습니다."

인사를 한 장태, 스승의 몸에서 슬쩍 오방색을 읽어냈다.

좋아졌다!

긴 시간이 흐른 것도 아닌데 오방색의 생동감이 현저하게 올라와 있었다. 마침내 가속이 붙기 시작한 것이다.

"선생님, 돼지비계나 등갈비가 들어간 칼칼한 김치찌개 먹고 싶으시죠?"

ㅡ그것도 푹 끓여낸,

ㅡ그래서 김치가 부드러운,

ㅡ등갈비살이 그냥 툭툭 발라지는…….

체크만 한다는 게 질문까지 던지고 말았다.

"어이쿠, 그새 내 속을 읽었군."

"해다 드리겠습니다."

"아서, 몸이 조금 좋아지니까 온통 먹고 싶은 것뿐이네. 날마다 변하는 게 식성이니 괜한 짓 말고 가서 푹 쉬게나."

"제 몸은 제가 알아서 합니다."

장태는 인사를 하고 복도로 나왔다.

진료실은 들리지 않았다. 의학적인 소견과 검사 결과도 중요하지만 장태는 식성의 오방색을 믿었다. 죽음에 가까운 사람이라면, 절대 식욕이 당길 리 없기 때문이었다.

"세준아!"

장태의 목소리가 높아졌다.

"예?"

"어디 가까운데 김치찌개 잘하는 한인 식당 없을까? 가서 김치 좀 사게."

"있기는 한데 여기서 좀 멀어요."

"한국 다녀오는 것보다는 가깝겠지?"

"그야 물론이죠."

"그럼 가자. 혹시 소주 있으면 한 병 사고."

"강 쉐프님한테 소주도 드리려고요?"

"아니, 너하고 나하고 축하주 한잔이다!"

"아싸!"

세준이 반색을 하며 펄쩍 뛰어올랐다.

"에, 그럼 나는요? 나도 끼워주세요."

숀리가 볼멘소리를 하고 나섰다.

"소주는 술이거든. 넌 아직 미성년자니까 딸기 주스 같은 걸로 만족해 줘야겠다."

장태는 걸음을 재촉했다.

김치가 왔다.

등갈비도 준비되었다.

장태가 준비를 하는 동안 숀리는 레시피를 적느라 바빴다.

장태표 등갈비김치찌개.

1) 등갈비를 한 쪽씩 떼어 찬물에 담근다.

2) 당면을 준비해 물에 담가 둔다.

3) 김치는 포기째 냄비에 넣고 끓인다.

4) 한 번 끓은 김치는 불을 끄고 식을 때까지 방치한다.

5) 피를 뺀 등갈비는 와인 한 컵과 후추, 양파, 정향, 주니퍼 베리 등을 넣고 한소끔 끓여내 다시 물에 씻어 잡내를 없앤다.

6) 김치에 등갈비를 투하해 함께 30분 이상 끓인다.

7) 완성되어 갈 때 당면을 넣어준다.

8) 설탕, 구운 소금, 끓인 간장, 회향, 파프리카 등으로 간을 맞춘다.

9) 당면이 익으면 끝!

핏물을 빼는 과정은 필수다. 특히 냉동된 고기에는 반드시였다. 그렇지 않으면 아무리 노력을 해도 누린내가 나게 마련. 5)번 과정은 한국이라면 된장 한 숟가락으로도 해결이 가능. 하지만 미국이기에 와인과 스파이스로 잡내를 잡았다.

보글보글!

김치 끓는 소리는 다른 소리와 다르다. 빡빡한 배추 사이로 다투듯 밀려 올라오는 공기 때문이다. 회향을 넣은 건 산뜻한 맛을 이끌어내기 위한 것. 돼지고기의 풍후함과 김치의 산미가 뒤섞이며 뿜어내는 냄새는 꼴깍, 저절로 침을 넘기게 만들었다.

등갈비 일부는 따로 처리를 했다. 말랑해진 걸 골라 와인과 마늘, 벌꿀, 양파 다진 것을 발라 재워 두었다. 김치 역시 한 번 끓여둔 걸 빼두었다. 이 둘은 내일 아침에 결합될 것이다. 스승을 위한 메뉴였다.

"으아, 고향 생각나네요."

보글거리는 소리에 세준이 조바심을 냈다.

"쳇, 나는 별로인데……."

숀리의 반응을 다르다.

"걱정 마라. 손리 거는 따로 해줄 테니까."

장태는 잘 익은 등갈비 몇 개를 건져 냈다. 그런 다음 달구어진 팬 위에 버터를 뿌리고 표면을 익혔다. 거기에 토마토소스를 부어 함께 끓여냈다.

"형!"

지켜보던 세준이 입을 열었다.

"아직 안 됐어."

"그게 아니고 강 쉐프님……."

"선생님은 왜?"

장태가 세준을 돌아보았다.

"김치찌개 보니까 생각이 난 건데, 선생님 손목 말이에요."

"손목?"

"선배 하나가 로봇 공학자거든요. 그분 한번 모셔올까 싶은데……."

"왜?"

"김치찌개 마니아예요. 음식이 자기 마음에 들면 강 선생님 손목을 만들어줄지도 몰라요."

"……?"

손목?

"기분 나쁘게 듣지 마시고……. 그분이라면 좋은 방법을 알 수도 있어요. 그분이 스티븐 호킹 박사 얼굴 근육 변화를 읽는 센서 개발에도 참여했거든요."

"진짜냐?"

"네. 제 잘못도 있고……."

"그럼 내가 가야지. 진짜 가능은 한 거지?"

"전에 들은 말인데 손가락 같은 건 50%까지는 인간처럼 움직이는 센서가 있다고 했어요. 잠깐 기다려 봐요."

핸드폰을 꺼낸 세준, 신기의 스피드로 검색을 하더니 로봇손을 찾아냈다.

"……!"

그걸 본 장태의 눈이 한 번 더 뒤집혔다. 외관은 그냥 손이었다. 움직임도 확인했다. 빠르지는 않지만 젓가락질까지 가능하다. 한마디로 대박이었다.

대박!

"문제는 돈이에요. 제작비가 얼마나 들지는 저도 잘……."

"그건 상관없다. 방법이 있다면 찾아봐야지."

"그럼 제가 알아볼게요."

"오케이!"

장태는 밝은 소리로 답했다. 갑자기 고기 익어가는 냄새가 더 맛나게 느껴지기 시작했다.

"으악, 바로 이 맛이에요!"

따로 만들어지는 손리의 등갈비김치찌개. 버터 익는 냄새가 나자 손리가 반색을 했다.

맛은 추억이다.

그 사람의 몸을 이루고 있는 성분이다.

입맛은 지독히도 보수적이라 하루아침에 바뀌지 않는다. 설령 바뀐다고 해도 몸은 기억하고 있다. 그가 오랫동안 먹어온 음식을.

그러고는 어느 날 문득 신호를 보낸다. 그때 그 음식을 달라고. 식성도 감성처럼 추억에 민감하다.

"자, 그럼 우리끼리 만찬을 즐겨볼까?"

요리가 나오자 장태의 목소리도 흥겨워졌다.

"네에!"

손님는 팔랑팔랑 테이블을 차렸다.

톰이 다녀가고 안나도 다녀가고, 루퉁과 림뽀, 아론 등도 맛을 보고 갔다. 물론, 그들은 등갈비김치찌개보다는 버터구이 등갈비찌개를 더 선호했다. 딱 한 사람 안나만 제외하고.

"첫맛은 생소한데 뒷맛이 개운해요."

그녀는 행복한 표정을 지었고, 그 기쁨은 오롯이 장태의 몫이었다. 누군가 자신의 요리에 행복해하는 것. 그게 바로 쉐프의 보람이기 때문이었다.

장태는 뒤풀이 와중에도 몇 번이고 문을 들락거렸다. 노숙자들의 인사를 받기 위해서였다. 누구든 찾아와 축하를 하면 그냥 넘기지 못했고 그들의 가는 길을 배웅해 주었다.

"한 잔 받으세요!"

인사가 갈무리 되고 돌아왔을 때 세준이 소맥을 한 잔 내밀었다.

"응? 이거 맥주가 아니네?"

맛을 본 장태가 고개를 들었다.

"소맥이에요."

"소맥?"

"맥주에 소주 탄 거요. 제가 고등학교 졸업할 때만 해도 한국에서 유행이었거든요."

"고딩 때부터 빨았구나?"

"에이…… 형은 안 마셨어요? 형도 한국에서 고등학교 마쳤다며?"

"마셨지. 그런데 나 때는 이런 거 없었어. 온리 깡소주였지. 학교가 지방이라 그런가?"

그새 9년 전이었다.

실은 장태도 듣기는 한 말이었다. 로마에서였을까? 아니면 파리에서였을까? 주방에서 일할 때 한 외국인이 그랬었다. 한국에 다녀왔는데 그런 술을 마셨다고. 무척 썼는데 맛이 괜찮았다고.

그 말은 모순이었다. 보통 외국인들은 쓴 술을 즐기지 않는다. 그럼에도 맛이 좋았다는 건 추억으로 남았기 때문이다.

"으음……. 저는요, 형네는 술 더 많이 마셨을 거라고 생각했어요. 조리고등학교면 안주 빵빵하겠다……."

"말 마라. 우리는 우리가 만든 거 서로 안 먹었어."

"왜요?"

"넌 그게 맛이 있을 거라고 생각하냐?"

"조리고등학교잖아요? 다들 전문가 아닌가?"

"너 한국의 일식조리기능사 실기 심사 기준이 뭔지 아냐?"

"모르죠."

"과정과 결과. 맛은 보지도 않아."

"예? 그럼 맛은 개판이어도 된다는 거네요?"

"아마 그렇다지?"

"으아, 사기다. 난 또 방송에 나오는 요리처럼 맛으로 심사위원을 감동시켜야 합격하는 줄 알았더니……."

"흐음, 이거 혹 올라오는데?"

장태가 잔을 바라보았다. 맥주만 마시는 것보다, 소주만 마시는 것보다 자극은 덜하면서도 상승효과가 있었다.

"아무튼 오늘 형 진짜 짱이었어요."

"미 투!"

갈비를 뜯던 숀리도 가세했다.

"물론 여기서도 멋있었지만… 그런 자리에서 보니 쉐프라는 직업이 위대해 보이더라고요. 그 많은 스타와 쟁쟁한 인물들 속에서도 주인공이 될 수 있다니……."

"미 투!"

"그래서 말인데요, 저 죄송하지만 형 밑에서 정식으로 요리를 배우게 해주세요."

"미 투!"

"다른 거 아무것도 하고 싶지 않았는데……. 형을 지켜보면서 요리에 마음이 끌렸어요. 자격은 없겠지만 거두어주면 열심히 해볼게요."

"미 투!"

숀리의 입은 계속 자동이다. 미 투, 미 투…….

"너희들!"

듣고 있던 장태가 자리를 박차고 일어섰다.

"형……."

"둘이 짰지?"

"예?"

"맞잖아? 죽이 척척 맞는 것하며……."

"그건 제가 형 제자가 되어야겠다고 했더니 손리가 자기도 그 럴 거라며……."

세준이 손리를 바라보았다.

"맞아요. 제가 같이 말하자고 그랬어요. 세준이 형은 쉐프하 고 같은 코리안이니 형을 받아주면 나는 안 밀어낼까 봐……."

손리가 주섬주섬 설명을 이었다.

"너희들 요리가 우습냐?"

장태의 눈매에 불끈 힘이 들어갔다.

"아, 아뇨……. 그런 게 아니라……."

"그럼 내가 우습냐? 아무나 제자로 받아줄 거 같아?"

"그, 그것도 아니라……."

"세준이 너, 아직 군 미필이지?"

"예……."

"감자 벗기기 3년, 양파 벗기기 3년, 육수 끓이기 3년……. 그 것만 9년 걸릴 수도 있어."

"……."

"주방 위계질서는 군대보다도 빡세서 아니꼽고 더럽고 치사할 수도 있고."

"그런 건 괜찮습니다."

"게다가 나는 아직 초보 쉐프라 잘 가르칠 줄도 몰라. 성질도 더러워서 아무 때나 불뚝거릴 지도 모르는 데다 세준이 너는 동 양인이라는 핸디캡도 극복해야 하고……."

"마약쟁이 밑바닥보다는 나을 거라고 생각합니다만……."

세준의 눈가에 물기가 배기 시작했다.

"그리고 숀리 너……."

이번에는 숀리를 바라보는 장태.

"예, 쉐프!"

"어리다고 봐주지 않아. 지금껏 자발적으로 돕던 것하고는 차원이 다르게 혹독할지도 몰라."

"그래도 하고 싶어요."

"왜?"

"나는 공부도 못해요. 헨릭처럼 좋은 대학교도 갈 수 없어요. 하지만 주방에서 쉐프를 돕는 일은 행복해요. 그러니… 제게 요리를 가르쳐 주세요. 쉐프처럼 사람들이 좋아하는 요리를 만들 수 있게요."

"숀리……."

"그래서… 언젠가 나를 버린 엄마를 만나게 되면 요리를 바치고 싶어요. 다시 나를 좋아할 수 있도록. 그래서 다시는 나를 버리지 않도록."

이 자식…….

"부탁이에요."

숀리, 어린 두 손을 모으고 무릎을 꿇었다. 큼지막한 눈알에서는 아몬드만 한 눈물이 뚝뚝 흘러내렸다.

"안 돼!"

장태가 말했다.

"쉐프……."

"야, 안주가 다 떨어졌잖아? 너희들 내가 우습냐? 제자가 되고 싶으면 당장 폼 수플레라도 만들어오란 말이야. 딱 10분 준다!"

"으아악, 쉐프!"

손리가 솟구치며 장태 가슴에 안겼다. 그 눈의 눈물이 볼을 타고 내려와 장태 가슴팍을 적셨다. 세준도 눈덩이 토끼처럼 붉어졌다.

얘들 정말……

"9분 남았다. 1초만 늦어도 알지?"

"알았어요, 지금 하면 되잖아요?"

장태의 으름장에 손리가 먼저 펄쩍 뛰었다. 둘은 미친 듯이 감자를 벗겨 썰기 시작했다.

치이이!

첫 기름에 감자가 들어갈 때 장태는 보았다. 눈물을 훔쳐내며 웃는 손리의 모습. 그리고 그 옆에서 보조하는 덩치 큰 세준.

어쩐지……

두 사람은 좋은 요리사가 될 것만 같았다. 그 꿈을 이룰 것 같았다.

치이이!

둥글어 맛나게 부풀어 오르는 폼 수플레처럼.

*　　　*　　　*

오늘의 레시피, 아란치니!

아란치니는 채소나 해물, 고기 등으로 속을 채운 뒤 빵가루를 겉에 묻혀 깊게 튀겨내는 요리로 이탈리아어로 작은 오렌지를

뜻한다. 고로 취향껏 속을 채우고 오렌지색깔로 튀겨내면 되는 것.

1) 주변의 채소 혹은 고기나 해물을 다진다.
2) 채소 리소토를 식힌 후 둥글게 빚어낸다.
3) 빚는 과정에서 안에다 모짜렐라 치즈를 넣는다.
4) 밀가루 옷을 입히고 달걀물을 풀어 입힌 후 빵가루 옷을 입힌다.
5) 기름에 넣고 튀겨낸다.

스승의 레시피에는 지롱딘 소스가 쓰이지만 장태는 옥토 비네그레트 소스를 쓴다. 이게 생각보다 잘 어울린다. 속을 채운 리소토가 채소여도 좋고 육류여도 OK!

사실 아란치니는 쉽게 생각하면 고로케와 닮았다. 특히 채소 고로케를 생각하면 완전 사촌이다. 다만 고로케가 도넛형이라면 아란치니는 오렌지형이라는 것. 그러나 정해진 건 없다.

아이들을 위한 아란치니라면 채소, 해물, 육류의 세 가지 리소토를 만들고 모양도 세모, 네모, 동그라미 등으로 응용하면 좋다. 그렇게 하면 골라먹는 재미가 있다. 이 안에는 뭐가 들었을까 궁금해하는 재미가 있다.

한입 딱 물었을 때 입천장을 빡 치고 올라오는 기름의 풍후한 느낌…….

먹고 싶다.

장태는 혀로 입술을 쓸며 일어섰다.

바이올린 소리가 들려왔다.

틈이다.

그가 그만의 연주로 하루를 여는 것. 그것만은 장태도 부러웠다. 예술과 요리는 함께 간다. 둘 다 모방 행위이며 창작 행위다. 남의 것을 배워 내 것으로 만든다. 그건 스승도 강조하는 바였다.

"……?"

2주방의 문을 열던 장태, 난장판이 된 주방을 보고 눈이 휘둥그레졌다.

"쉐프!"

"형!"

장태보다 더 놀라는 두 사람, 세준과 손리였다.

"너희들……."

바닥에는 무 껍질과 토막이 여기저기 나뒹굴고 있었다. 구석에는 나체가 된 감자도 몇 바구니 보였다.

"뭐하는 거야?"

장태가 묻자,

"준 형이 도전을 하잖아요. 자기가 나보다 더 잘할 수 있다고……."

손리가 대답했다. 딱 보니 무 돌려깎기 대결이다.

"세준이 너, 선생님 손목은 알아봤냐?"

"예, 그 형도 긍정적이던데요?"

"그래?"

"상황 설명했더니 그런 분이라면 돕고 싶다고……. 내 말이 뻥일 수 있으니 요리로 혀만 살살 녹여주면 생각해 보겠대요."

"……!"

장태의 눈이 번쩍 떠졌다. 그야말로 희소식이 아닐 수 없었다.

"좋아. 심판은 내가 볼 테니까 대결 계속해."

장태는 나무 의자를 당겨 자리를 잡았다.

"에?"

쏜리의 미간이 일그러졌다. 원래 멍석 펴주면 잘 못하는 게 인간의 심리다.

"해보라고. 지는 사람은 특훈 있다."

"특훈요?"

세준과 쏜리가 동시에 물었다.

"마카로니 그라탱 만들 거야. 거기 베샤멜 소스가 필요한데 주걱으로 2시간은 저어야 하지 아마?"

"으악!"

"시작!"

쏜리의 비명을 무시하고 시작을 알렸다. 둘은 서로를 빤히 바라보더니 무와 씨름을 시작했다.

무 돌려깎기는 어렵다. 가장 얇게, 가장 길게 깎아내야 하는 것. 일본에는 두툼한 무 하나를 끝까지 끊어지지 않게 깎아내는 사람이 수두룩하다고 한다.

세준은 한 바퀴 돌리기 무섭게 무를 끊어먹었다. 쏜리도 다르지 않았다.

장태는 스승을 위한 요리에 착수했다. 잘 익은 김치에 올려진 등갈비. 보글거리는 소리가 어제보다 맛나게 들렸다.

아, 베샤멜 소스 젓는 2시간은 뻥이었다. 그래도 40분 정도는 잘 저어서 밀가루의 끈기를 빼줘야 맛난 소스가 나온다. 그것도 쉬운 일은 아니다.

'다음은 오늘의 스페셜…….'

포틀랜드 출신의 처키가 원한 건 푸알레였다. 호텔에서 나온 짜투리를 보니 광어 두 쪽이 보였다. 신선도는 좋지 않았지만 그럭저럭 맞춤한 재료였다.

푸알레는 팬 속에 재료를 넣고 다시 오븐 안에 넣어 구워내는 요리다. 생선이라면 껍질이 두툼한 것이 알맞다. 광어 역시 껍질이 좀 되는 녀석이니 잘만 구워내면 환상적인 맛을 이룰 수 있었다.

처키의 식성 오방색은 황〉녹〉적〉흑〉백!

단맛에 더한 신맛이 그가 원하는 맛. 보통 사람에게서 흔한 입맛이었다.

광어 손질을 마친 장태, 온도는 220도로 맞췄다. 원래는 210도까지가 적정 온도. 다만 광어살이 약간 두툼한 것 같아 조금 더 올린 것이다.

딸깍!

온도 조절을 마쳤을 때 손리의 비명이 들려왔다.

"으악, 무가 끊어졌어요!"

손리, 기다란 무를 들고 울상을 짓고 있다. 1미터가 넘는 길이였지만 두께가 균일하지 못하다 보니 그만 톡 끊어져 버린 것.

"내 게 더 긴데?"

그 옆으로 세준의 무가 키를 세웠다.

"억울해요. 분명 내 게 더 길었단 말이에요."

숀리가 콧김을 뿜었다. 가까이 다가선 장태는 두 무를 빼앗아 요리책 위에 올려놓았다.

"밑에 글씨 보여, 안 보여?"

"안 보이는데요?"

두 사람의 대답은 맥이 없었다.

"글씨가 안 보이면 꽝이야. 다시!"

장태는 두 사람에게 다른 무를 안겨주었다. 둘은 바짝 오기가 올랐다.

근성은 요리를 배울 때의 필수불가결한 덕목이다. 저게 없으면 아무것도 이룰 수 없다.

'아차!'

두 사람을 바라보던 장태, 뭔가 깜빡한 걸 깨닫고 오븐으로 뛰었다. 푸알레를 맛나게 구우려면 생선에서 나온 기름을 버리고 올리브유를 뿌려줘야 한다. 그렇지 않으면 비린내가 날아가지 않고 바삭한 식감도 줄어든다.

장태는 광어살 위로 고소한 올리브유를 매끈하게 부어주었다. 바삭바삭, 맛난 소리를 내며 익어가도록.

"후아!"

푸알레를 받아 든 처키는 숨도 쉬지 않고 접시를 비워냈다.

"The Best!"

그가 엄지를 세워주었다 그 엄지를 따라 아침 햇살이 떠올랐다. 오늘도 희망이 보석처럼 반짝이는 아침이었다.

희망은 행운으로 연결되었다.

식사를 마치고 등갈비김치찌개를 챙긴 장태, 스승의 병원으로 향하려던 순간 한 방문객을 맞았다.

"……!"

처음에는 눈을 의심했다. 옆에 있던 손리 역시 숨을 멈췄다. 고급 차 앞에 우뚝 선 사람. 그는… 만들레이 베이의 회장 로이였다.

"쉐프 손!"

그의 목청을 들었지만 장태는 선뜻 대답하지 못했다. 이 사람, 여길 왜 왔단 말인가?

"잠깐 얘기 좀 할 수 있겠나?"

"죄송하지만 급한 배달이 있어서……."

"배달?"

"강 선생님이 병원에 있습니다."

"위중한가?"

"아뇨!"

장태는 잘라 말했다.

"다행이군."

"무슨 일인지 여기서 말씀하시면……."

"여기?"

로이가 주변을 돌아보았다. 손리와 세준, 톰과 안나… 그리고 저만치에서 식사를 하는 노숙자들이 보였다.

"차 한잔 줄 시간도 없나?"

차!

그렇다면 나쁜 소식은 아닐 것 같았다. 음식 통을 세준에게 넘기고 낡은 테라스 탁자로 로이를 안내했다.

"드시죠."

차는 커피를 냈다.

"괜찮군."

한 모금 넘긴 로이가 장태를 바라보았다.

"무슨 일이신지……."

"아, 그 얘기를 아직 안 했군."

"……."

"이야기 들었네. 올해의 헤븐 LA 이벤트 쉐프를 주관했다고?"

허얼!

세상에는 비밀이 없다. 그 얘기가 벌써 로이의 귀에까지 들어가다니. 그렇다면, 크리스의 귀에도 들어갔을 것 같았다. 아무리 그렇기로 로이 회장이 왜?

"크리스 말일세……."

두 손으로 찻잔을 거머쥔 로이. 잠시 잔의 온기를 느끼더니 말꼬리를 이었다.

"Fire했네!"

"……?"

Fire!

해고라는 뜻…….

"뭐 그 친구가 우리 호텔 지분을 가졌기 때문에 정리할 게 남았긴 했지만 말이야."

"그게 저하고 무슨……."

"아무래도 자네와 강 쉐프가 사고를 친 게 마음에 걸려 크리스의 심복 쉐프들을 불러다 다그쳤더니 내가 모르는 진실이 나왔네. 그들이 작당을 해서 과거에 강 쉐프의 명예를 더럽히고 승리를 훔쳤다는…….."

"……!"

"해서 세 사람 다 정리를 했네."

로이의 말과 함께 스승이, 장태의 뇌리를 헤집고 지나갔다. 마침내 풀린 오해. 스승의 명예는 제자리로 돌아갔다. 그러나, 그러나 한 가지는 돌아갈 수 없었다. 바로, 스승의 팔목…….

"강 쉐프에게는 내가 직접 가서 사과를 하겠네. 그런 사실은 몰랐지만… 그 또한 내 불찰에 속할 테니까."

"그럼 같이 가시죠."

장태가 먼저 일어섰다.

"아니!"

로이의 시선이 장태를 따라 올라왔다.

"사과하신다면서요?"

"그전에 먼저 쉐프 손과 할 말이 있다네."

"저하고요?"

"자네는 실력으로 크리스를 넘었지."

"……."

"처음에는 믿지 않았지만 헤븐 LA에 참석한 사람들에게 체크해 보니 믿어야겠더군. 맛 칼럼니스트 트리스탄도 그렇고 맛에 인색한 슐런트도 손 쉐프를 흠잡지 않았네. 주관자인 러셀 킹 골퍼는 더 더욱…….."

"회장님…….."

"쉐프 손!"

"……?"

"공석이 된 만들레이 베이의 이그제티브 쉐프 자리를 맡아주지 않겠나?"

"……!"

"실은 쉐프 강에게 갈 자리였네. 긴 세월을 돌아 그 제자에게 가는 것이니 의미도 새롭지. 자네 스승에게 진 빚을 갚는 계기도 되고……."

로이의 눈빛이 장태에게 꽂혀왔다. 사뭇 진지했다. 결코 떠보거나 시험하는 표정은 아니었다.

"제게… 만들레이 베이의 이그제티브 쉐프 자리를 주신다고요?"

"슐런트의 허를 사로잡고 트리스탄의 펜에 찔리지 않았네. 게다가 크리스 쉐프를 꺾었으니 충분히 감당할 수 있을 거라고 생각하네만……."

"회장님!"

"여러 정황이 얽혀 있기에 직접 찾아왔네. 그때 쉐프 강을 스카웃하려던 그 마음가짐으로!"

스승을 스카웃하려던 마음으로!

그 말은 썩 마음에 들었다. 그 또한 스승의 명예에 속하는 말이기 때문이었다.

"일단 선생님께 가시죠. 그분이 드셔야 할 요리가 있어서요."

"쉐프 손……."

"제 답은 강 선생님 앞에서 드리는 게 더 극적일 것 같은데요?

안 그런가요?"

"그럴 수도 있겠군."

수긍을 한 로이가 일어섰다.

"다녀올게. 뭐 연습하라고 했었지?"

세준과 숀리 앞에선 장태가 물었다.

"기본 썰기요!"

"뭐뭐라고?"

"가느다란 쥘리엔느, 그냥 쥘리엔느, 바토네, 그리고 깍뚝썰기로 브뤼누아즈, 마세드완, 파르망티에……"

"다 검사할 거야. 허투루 재료 낭비하면 알지?"

"예!"

두 사람의 대답을 들으며 장태는 로이의 차에 동승했다.

부릉!

차는 부드러운 시동음과 함께 멀어지기 시작했다.

"무슨 얘기하는지 들었냐?"

세준이 숀리를 돌아보았다.

"못 들었어요."

"아, 너는 그런 것도 못 들어? 궁금해 죽겠네."

"거리가 먼 걸 어떡해요? 내 귀가 무슨 특수 귀인 줄 아나?"

"그러니까 물 가져다주는 척 가까이 가라고 했잖아?"

"쳇, 쉐프는 내 얼굴만 봐도 내 마음을 다 알거든요."

숀리는 한마디도 지지 않았다.

"만들레이의 로이가 왔었다고?"

그때 뒤쪽에서 아드리안이 다가왔다.

"네, 쉐프와 함께 갔어요."

숀리가 바로 대답했다.

"분위기는?"

"나쁜 것 같지는 않았어요."

"나쁘지 않다? 그럼 걱정할 필요 없겠구나."

"하지만 진짜 악당들은 겉으로 웃으면서 납치해다가……."

숀리의 얼굴이 구겨졌다.

"로이는 노숙자가 아니야. 그렇게 치졸하게 굴 이유가 없지."

"쳇, 궁금해 죽겠다니까요."

숀리의 시선이 도로 쪽으로 날아갔다. 마음은 장태와 함께 차를 타고 간 숀리. 그 머릿속에는 팬 안에 가득 썰어 넣은 리소토 재료처럼 장태 생각이 바글거리고 있었다.

                    *   *   *

"……?"

스승도 놀라기는 다르지 않았다. 로이가 찾아오다니? 침대에서 요리책을 넘기던 스승의 눈은 로이에게서 떨어지지 않았다.

"문병이 늦었소."

로이가 먼저 말문을 열었다.

"……"

"전보다 혈색이 좋아지셨군."

"선생님은 이제 건강을 되찾았습니다."

뒤에 있던 장태가 느닷없는 말을 강조했다.

건강을 되찾았다.

그 말의 의미를 알 리 없는 로이, 장태를 바라보다 스승에게 시선을 돌렸다.

"여긴 어쩐 일로……."

스승은 요리책을 내려놓았다.

"실은 손 쉐프를 찾아갔다가……. 강 쉐프가 입원해 있다기에……."

"크리스의 부상은요?"

"잘 봉합되었소."

"다행이군요. 회장님 오른팔인데……."

스승의 말에는 감정이 실려 있지 않았다.

"여기 병원비는 내가 책임을 지겠소."

"그러실 필요 없습니다."

"크리스의 측근에게서 지난 이야기를 다 들었소. 그렇게라도 해야 내 짐이 덜어질 것이니 수락해 주시오."

"……."

"그리고… 손 쉐프 말이 강 쉐프 앞에서 얘기하자고 해서 함께 왔소만 내가 손 쉐프를 찾아간 건……."

"크리스 총주방장이 그만두었다고 그 자리에 강 쉐프님을 모시고 싶으시답니다."

장태, 로이가 잠시 숨을 고르는 사이에 폭탄 발언을 토하고 말았다.

"……?"

"······!"

스승과 로이가 번갈아 놀라는 게 한눈에 들어왔다. 그렇거나 말거나 장태는, 시치미를 뚝 떼며 쐐기 발언을 날렸다.

"안 그렇습니까? 로이 회장님!"

* * *

―강형규.

―만들레이 베이의 이그제티브 쉐프, 즉 총주방장.

원래의 이름이 원래의 자리로 돌아간 상황.

하지만!

그사이에 세월의 간극이 깊었다. 로이의 표정이 그걸 대변하고 있었다. 당혹스러움이 그의 낯을 지배한 것이다.

"쉐프 손······."

목소리가 파르르 경련하는 로이.

"저는 아까 그렇게 들었습니다만."

장태의 목소리가 한 번 더 강조되었다.

"손 쉐프."

영문을 모르는 스승의 눈길이 건너왔다. 장태는 돌아보지 않았다. 묵묵한 시선으로 로이를 압박하고 있을 뿐.

"강 선생님은 이제 회복기입니다. 한 손이 없지만 대신 관록이 쌓였죠. 총주방장이 쉐프들을 조율하고 요리 개발과 관리를 하는 거라면 문제될 게 없을 겁니다."

"쉐프 손······."

"회장님이 처음부터 원했던 분입니다. 모든 게 제자리로 돌아가는 것뿐이죠."

"잠깐 보세나."

로이는 장태의 손을 잡아끌었다.

"대체 무슨 짓인가?"

복도로 나온 로이가 언성을 높였다.

"뭐가 잘못되었습니까?"

장태는 태연스레 대꾸했다.

"내가 원한 건 자네였지 쉐프 강이 아니었네."

"저분이 부족하다면 저는 감히 넘볼 수도 없는 자리입니다."

"이봐. 이그제티브 쉐프라면 우리 호텔 레스토랑의 얼굴이네. 많은 명사들을 만나야 하고 그 사람들의 기분을 맞춰주는 것도 요리의 한 부분에 속하지."

"알고 있습니다."

"이런 말 뭣하지만 왼손이 없지 않나? 그건 치명적인 결격 사유야."

"회장님 호텔의 명예를 위해 대결을 벌이다 생긴 불상사입니다."

"허어!"

"사실 회장님은 그 대결의 주관자로서 막아주셔야 했던 불행이고요."

"……?"

"저는 묻고 싶습니다. 회장님은 정말 몰랐습니까? 크리스의 인품이 좋지 않다는 사실?"

장태가 정곡을 찔렀다. 불의의 기습을 당한 로이, 눈빛이 아뜩해지며 한 걸음 물러섰다.

"이걸 보시겠습니까?"

장태는 세준이 열어보았던 동영상을 보여주었다.

"로봇손?"

"그렇습니다. 천천히 보시죠."

장태가 플레이를 눌렀다. 그러자 첨단 공학으로 만들어진 로봇손이 여러 가지 작동을 시작했다.

"……!"

심상치 않음을 눈치챈 로이의 이마에 식은땀 맺히는 게 보였다.

"강 선생님이 이걸 끼시면 손 장애인이라는 걸 아는 사람은 회장님과 저 둘뿐일 거라고 생각합니다만."

장태의 승부수가 날아갔다.

도의적인 책임과 더불어 압박의 수위를 높이는 장태.

"으음……."

로이의 한숨이 깊어졌다. 갈등하고 있다는 얘기였다.

"선생님이 말씀하시길 당시 회장님은 백지수표를 내밀었다고 했습니다. 그런 마음이라면 이런 것 정도는 그 조건에 보너스로 올려놓아도 될 것으로 봅니다."

"……."

"잘 생각해 보십시오. 저는 기껏 저분의 휘하이자 제자에 불과합니다. 게다가… 아직 좀 어리죠."

"……."

"회장님!"

"강 쉐프 말이야……."

고뇌하던 로이의 입술이 조심스레 열렸다.

"건강은 정말 이상이 없나?"

"조금은… 그러나 완연한 회복세라서 의료진들조차도 기적으로 보고 있습니다만."

"기적?"

"직접 만나서 들어보시죠. 강 선생님이 총주방장이라는 업무를 해낼 수 있는지 없는지……."

장태의 눈빛은 점점 더 강한 빛을 발했다. 로이는 자신도 모르는 사이에 그 눈빛에 빠져들고 있었다.

"한마디만 더 덧붙인다면……."

마지막 장태의 쐐기가 명쾌하게 날아갔다.

"강 선생님을 잡으시면 저는 덤이 될 수도 있지 않을까요? 그분의 특별한 이벤트 등에 부른다면 제가 거절할 수도 없을 테니……."

그 말이 결국 로이의 등을 밀었다.

"일단 닥터를 만나보고 결정하겠네."

로이는 진료실 쪽으로 향했다. 그의 등짝이 갑자기 널찍하게 느껴졌다. 이런 건 우군에서나 느끼는 감정이 아닌가?

의사를 만난다는 것 자체가 중요했다. 스승의 몸이 놀라운 회복세를 보이는 건 기정사실. 로이가 의사를 만난다면 갈등 하나가 더 늘게 될 것이다. 스승을 버릴 수 없다는 갈등…….

그리고…….

그 판단은 잘 들어맞았다. 진료실에서 나온 로이의 표정이 결단 쪽으로 기울었기 때문이었다.

"쉐프 손!"

뚜벅뚜벅 다가온 로이가 장태 앞에 섰다.

"네, 회장님!"

"내 착각이었네."

"……?"

"자네가 아니라 쉐프 강을 스카웃하러 온 게 맞네!"

오 마이 갓!

장태는 피가 굳어버리는 걸 느꼈다. 고대하던 예상이 들어맞는 기쁨, 그 또한 몸이 굳기는 마찬가지였다.

"늙으면 가끔 깜빡하지."

그가 웃었다.

"그럼 빨리 가셔서 정정을 하셔야지요."

장태가 병실을 가리켰다.

"도와줄 거지?"

"당연하죠. 강 선생님이 주저하시면 제가 억지를 부려서라도 만들레이 주방에 모셔다 놓겠습니다."

"그래도 거절하면 자네가 와야 하네."

"물론입니다."

장태는 흔쾌히 대답했다.

"잠깐만 기다려 주십시오."

병실 앞에 도착한 장태가 로이에게 양해를 구했다.

딸깍!

병실 문을 열었다. 스승은 간이 식탁을 펼치고 등갈비김치찌개를 먹고 있었다. 먹다가 돌아보는 표정은 그리 밝지 않았다. 느닷없이 일어난 일에 대한 궁금증 때문이었다.

"쉐프 손······."

"다 드세요."

장태는 스승 앞에 가만히 다가섰다.

"로이는?"

"화장실에 갔습니다."

"화장실이 아니겠지."

스승은 손에 들었던 등갈비를 내려놓았다.

"맛은 어떠십니까?"

"맛은 더할 바 없네만······."

"선생님······."

"나 몰래 무슨 일을 꾸민 건가?"

"아무것도······."

"그런데 로이가 나를 찾아와?"

"크리스가 사표를 냈다지 않습니까? 아니, 정확히 말하면 짤린 거지요. Fire!"

"······."

"선생님!"

"둘러대지 말고 자초지종이나 말하시게."

스승이 조금 남은 찌개를 밀어냈다. 나름 오랜 시간 함께 호흡을 같이한 두 사람이었다. 그렇기에 스승이 장태의 표정을 모를 리 없었다.

"죄송하지만 만들레이 베이의 총주방장 자리를 맡아주셔야겠습니다."

장태, 담담하게 상황을 전했다.

"손 쉐프!"

"처음부터 선생님 자리였습니다."

"다 지나간 얘기네."

"절대요. 이제부터 시작인 이야기입니다."

"손 쉐프!"

"선생님!"

"로이가 원하는 건 자네일 걸세."

"……."

"내가 원하는 것도 자네라네. 자네라면 한국인의 명예를 높이며 만들레이 베이를 세계 최고의 미식 레스토랑으로 이끌 수 있어."

"선생님이 잘 이끄시다 혹 먼 미래에 제게 물려주신다면 그때 받겠습니다."

"손 쉐프!"

"부탁입니다."

"자네 이거 잊었나?"

스승이 허전한 왼손을 내밀었다.

"쉐프는 요리만 하는 게 아니라네. 손님들과 끊임없이 교감을 주고 받아야 하지. 서양인들이 장애에 관대하다지만 쉐프는 다르네. 멀쩡한 두 손은 쉐프의 필수조건이기도 하니까."

"한 손밖에 없어서 안 된다는 거로군요?"

"……."

"그러시다면 남은 한 손은 여기에 있습니다."

장태, 다시 세준이 보여준 동영상을 열었다.

"세준이 이 공학자를 잘 안답니다. 스티븐 호킹의 센서 제작에도 참여한 실력파라는군요. 이거라면 정상 손의 80% 가까이 움직일 수 있어 감쪽같다고 했습니다. 그리고 로이도 동의했고… 모르긴 해도 비용도 댈 눈치였습니다."

80%!

그건 물론 과장이었다. 하지만 아직 시도하지 않은 일. 세준이 말한 50%가 80%로 변할 수도 있었다.

"손 쉐프……."

"그래도 싫으시다면 빚을 받아야겠습니다."

"빚?"

"선생님의 목숨… 죄송하지만 누가 살렸습니까?"

장태가 물었다. 이번에는 칼날 같은 다그침이었다.

"……."

"선생님!"

장태는 천천히 무릎을 꿇었다.

"이 사람, 왜 이러나?"

"운명에게 목숨 빚을 갚는다 생각하고 한 번만 제 청을 들어주십시오!"

장태가 스승의 손을 잡았다. 스승은 느꼈다. 장태에게서 건너오는 정감. 제어할 수 없는 뜨거움이 저 깊은 곳에서 북받치는 것을.

"손 쉐프, 하지만 내 몸은……."

"선생님 몸은 회복되고 있습니다. 더 건강해지려면 적당한 일이 필요합니다. 선생님의 실력과 인품으로 보아 만들레이 베이의 총주방장 자리가 딱 제격입니다."

"손 쉐프……."

"하시는 거죠?"

"이거 내가 염치가 없군. 목숨에, 손목에, 이제는 자네 자리까지……."

"하시는 거군요?"

"해보겠네. 목숨의 주인이 이처럼 부탁하는 데에야……."

"선생님!"

장태가 스승에게 고개를 숙였다.

"자네 정말……."

스승의 거친 손이 그 등을 토닥거렸다. 정다운 손길 안에서 숱한 날들이 스쳐 갔다.

맨 처음 조리고등학교 채광욱 교장에게서 그 이름을 들은 순간부터 LA 노숙자 쉼터까지 찾아가 제자로 받아들여지던 순간까지.

그날, 그때 스승이 내렸던 미션…….

죄다 상한 식재료로 노숙자 200인분을 만들라던 스승. 결국에는 포기하고 돌아서던 장태. 그토록 찾아 헤매던 스승이 코앞에 있었지만 차마 상한 식재료로 음식을 만들 수 없었던 장태. 그 숭고한 마음을 알아주어 장태를 거두었던 스승…….

두 사람의 아름다운 만남이 여기서 결실을 맺고 있었다.

뜨겁게!

이토록 뜨겁게!

＊　　　　＊　　　　＊

"강 쉐프가 만들레이 베이의 총주방장?"

쉼터에서 소식을 전해 들은 아드리안은 반색을 했다. 그만이 아니었다. 톰과 루퉁, 림뽀와 안나에 라벨라까지 스승을 아는 사람은 모두 환호를 울렸다.

"정말 잘됐군요."

톰은 숨마저 제대로 쉬지 못했다. 그 역시 스승에게 많은 가르침을 받은 사람. 사사롭게는 2주방과 거처를 내준 처지였지만 실력으로는 스승을 넘볼 처지가 아니기 때문이었다.

"하지만 아직 선결 과제가 남았습니다."

장태의 눈이 세준에게 옮겨갔다.

"로봇손이요!"

시나리오를 알고 있는 숀리가 소리쳤다.

"걱정 마세요. 오늘 중으로 그분이 들린다고 했습니다."

세준이 힘차게 대답했다.

"그 사람이 정말 로봇손의 권위자인가?"

아드리안도 긴장한 모습이다.

"최고 권위자 밑에서 석박사를 모두 마쳤고 중요한 프로젝트도 많이 참가했어요. 마음만 먹으면 가능할 겁니다."

세준의 목소리에도 흥분이 묻어났다. 왜 아닐까? 세준으로서도 최소한의 기여를 할 수 있는 찬스였던 것이다.

"그런데 자네는 그런 사람을 어떻게 아나? 마약쟁이 주제에?"

태클은 루퉁 입에서 나왔다.

"제정신일 때 그분 밑에서 프로그램 보안 일로 아르바이트한 적이 있거든요. 그래서……."

"오, 역시 처음부터 약쟁이는 아니었군."

"아저씨, 처음부터 약쟁이가 어디 있어요? 아저씨도 처음에는 바이올리니스트였다면요?"

숀리는 그새 세준 편이 되었다. 주방에서 부대낀 시간이 의리가 되어 발현하는 것이다.

"뭐 하긴… 이사벨이 그런 실력자인 줄도 몰랐는데 세준이라고 괜찮은 과거 있으면 안 된다는 법 없지."

루퉁은 목을 벅벅 긁으며 웃었다.

"언제 온대? 혼자 온대?"

장태가 물었다. 장태의 머리에는 온통 로봇손 공학자에 대한 것뿐이었다.

"둘이라고……."

"둘?"

"이거 형한테만 슬쩍 말해야 하는데, 그분이 연모하는 여자가 있대요. 그런데 음식에 까탈스러워서……. 미슐랭 별집을 찾아다녔는데도 한 번도 제대로 먹은 적이 없다네요. 그래서 자기는 열외시키더라도 그 친구 앞에서 체면 좀 차리게 해주면……."

"……?"

"그냥 그분만 오라고 할까요?"

세준의 목소리가 살짝 움츠러들었다.

"아니야, 걱정 말고 오시라고 해. 우리 선생님께 새 팔을 달아 줄 분인데 뭔가는 보답을 해야지. 안 그래?"

장태는 기꺼이 대답했다.

정말 그랬다. 그저 모셔놓고 부탁합니다, 하는 것보다는 나을 것 같았다.

스승을 위해 뭔가를 한다는 것, 그건 장태의 즐거움이었다. 나아가 음식 맛을 모르는 한 여자. 그런 여자에게 요리의 신세 계를 맛보여 주는 것도 쉐프의 몫이었다.

"이거 햄버거 사건 후로 일이 확확 풀리는 느낌인데?"

아드리안이 웃었다.

"한국말에는 그런 말이 있거든요. 고진감래(苦盡甘來), 고생 끝 에 즐거움이 온다는 말."

"그런 건 영어에도 있지. After a storm comes a piece! 폭풍 뒤에 평화가 온다."

아드리안이 맞장구를 쳤다.

폭풍!

그러고 보니 스승의 길은 폭풍 험로였다. 그 폭풍의 끝에서 날아가는 목숨을 장태가 붙들었다.

그리고… 이제 폭풍은 끝나고 햇살이 나기 직전. 그러니 기어 이 햇살을 맞이해야 했다. 그건 폭풍을 견딘 자가 누릴 당연한 권리였다.

'타오……'

부탁한다.

장태는 타오를 쓰다듬으며 중얼거렸다. 비장하지는 않았다. 즐겁게 임할 생각이었다.

이번에는 스승의 손목을 구할 차례였다.

5장

로봇손 공학자

　로봇공학자 공필호.

　그가 도착했을 때 비가 내리기 시작했다. 세준은 손리와 함께 우산을 받쳐 주었다. 세준이 공 박사를, 손리가 매리언을.

　매리언은 금발의 백인이었다. 초록 눈망울에 시원한 각선미, 그러면서도 우수가 깃든 얼굴이라 동양인의 마음을 훔칠 만했다.

　"처음 뵙겠습니다."

　공 박사가 먼저 인사를 해왔다. 한국말이었다.

　"말씀 많이 들었습니다."

　장태도 공손히 맞인사를 했다.

　"이쪽은 제 친구 매리언입니다."

　공 박사가 여자를 소개해 주었다. 장태는 가벼운 인사로 그녀를 맞았다.

"장소가 누추합니다."

테라스로 안내한 장태. 여자에게 의자를 내주며 말했다. 그녀에게는 영어였다.

"저는 괜찮습니다. 그냥 마스터가 잡아끌기에……."

"굉장한 맛집이 있다고 했겠지요?"

"네……."

"소감 어떠세요?"

풋!

그녀는 가벼운 미소로 받아넘겼다. 옆으로 펼쳐진 공원. 군데군데 모여든 찢어진 우산 안에는 노숙자들이 엿보였다. 그리고 그녀가 앉은 이 테라스……. 안으로 주방이 보이지만 어디를 봐도 좋은 레스토랑이라는 시그널은 찾아볼 수 없었다.

"혹시 나이로비에 가보셨는지요?"

장태가 웃으며 물었다.

"아직……."

"거기 가시면 나이로비 최대의 쓰레기장 안에 레스토랑이 하나 있습니다."

"……?"

"맛이 최고지요."

장태는 가벼운 고갯짓을 해보였다.

—어때?

—거기보다는 비주얼도 좋은 편이지요.

장태의 미소에는 그런 의미가 포함되어 있었다.

"말씀하시죠. 어떤 요리를 드시고 싶으신지……. 안 되는 것만 빼고 다 되는 레스토랑입니다."

장태의 정중히 물었다. 매리언은 딱히 생각나는 게 없는지 공 박사를 바라보았다.

"오리고기만 빼고 아무 거나요!"

공 박사가 대신 오더를 떠안았다.

아무 거나!

참 오랜만에 듣는 오더가 나왔다.

"오리고기는 왜죠?"

장태가 물었다.

"매리언이 그거 먹고 좀 안 좋았던 기억이 있는지 영 정색이지 말입니다."

설명 역시 공 박사가 대신했다.

오리고기는 No!

체했었나?

뭔가를 먹고 체한 사람은 그 음식을 본능적으로 기피한다. 그런데 오방색으로 오장육부를 미루어보니 최근에 체한 흔적은 없어 보였다.

"혹시 오리고기를 먹을 때 뭐랑 같이 먹었는지 기억이 나나요?"

장태가 매리언을 바라보았다.

"글쎄요, 여러 가지가 함께 나와서……."

"마늘이 있었나요?"

"아뇨. 없었어요."

그녀가 고개를 저었다. 마늘은 오리고기와 맞지 않는다. 상극까지는 아니지만 잘 맞지 않는 사람은 고생할 수도 있었다.

"그럼 자두는요?"

"자두?"

잠시 생각에 잠기던 그녀, 손뼉을 치며 그날을 생각해 냈다.

"아, 있었어요. 그때 옆 테이블의 꼬마가 몇 개 나눠줬는데 싱싱해 보여서 치즈로 싸먹었거든요."

나이스!

오리에 대한 원인은 나왔다.

원인을 알아낸 장태는 두 손님의 오방색을 천천히 읽어냈다. 먼저 조각 미녀 매리언. 그러나 표정에는 활기가 부족한 여자. 그녀의 식성과 식욕은 어떤 그림을 그리고 있을까?

'하나가 제대로 죽었군.'

장태는 바로 그녀의 상황을 알았다. 그녀의 오방색은 문제가 없어 보였다. 하지만 뜯어보니 한 가지가 심각했다. 짠맛을 극도로 싫어하는 식성. 그런데 짠맛이 지나치게 부족해지다 보니 오방색의 흑색이 가라앉아 버린 지 오래였다.

지나친 것도 문제지만 모자라는 것도 그 못지않은 단점.

리히비의 법칙이 문제였다.

리히비의 법칙!

간단히 말해 최소량이 전체를 좌우한다는 생물학적 이론. 그건 인체에도 그대로 투영되는 것이니 지나친 염분의 부족이 그녀의 활력을 갉아먹고 있었다. 그 예로 피부까지도 푸석도 푸석해 보였다.

염분이 필요해!

그녀의 몸이 말한다.

안 먹어!

그녀의 상식이 가로막는다. 짠 것은 몸에 해로운 것이란 그녀의 생각이 혀에 쌓여 짠맛에 대한 저항이 형성되었다.

그러나 몸은 본능적으로 짠맛이 필요하기에 다른 맛이 강한 음식들이 잘 당기지 않는 것.

단맛〉매운맛〉신맛〉쓴맛〉짠맛.

그녀의 오방색 기세였다.

하지만!

짠맛〉신맛〉매운맛〉쓴맛〉단맛.

그녀의 몸이 원하는 순서는 달랐다.

테마는 신중.

조심스러운 성향이었다.

'오케이!'

장태는 비로소 갈 길을 찾았다.

다음으로 공 박사…….

그의 오방색은 매리언과 반대였다, 짜고 맵고 신 자극적인 맛을 좋아하는 사람…….

매리언의 식성 코드는 육류〉채소〉과일〉견과류〉해물〉곡류.

공 박사의 식성은 해물〉육류〉곡류〉견과류〉채소〉과일 순.

"그럼 세준이하고 말씀 나누고 계세요."

그 길로 2주방에 들어서는 장태.

"도와줄 일 없어?"

톰이 오른 옆으로 다가와 물었다. 스승을 위한 일이니 그 역시 도움이 되고픈 눈치였다.

"잠깐만요."

장태는 호텔에서 나온 짜투리를 뒤지기 시작했다.

"장 쉐프 일인데 좋은 재료를 쓰는 게 좋지 않겠어? 식재료상에 알아볼게."

"아뇨. 선생님이 원치 않을 겁니다."

장태는 계속 짜투리를 뒤졌다. 돈 때문은 아니었다. 그저 다만 이곳에 걸맞는, 가식적이지 않은 요리를 준비하고 싶을 뿐. 그러다 정 재료가 없으면 그때 알아보아도 늦을 일은 아니었다.

'옳지!'

육류를 뒤지던 장태의 눈에 번쩍 불이 들어왔다. 오리 가슴살이 보인 것. 그다음 봉지에서는 토시살도 나왔다.

주재료는 OK!

"샐러드로 쓸 만한 채소는 있나요?"

고기 재료를 득템한 장태가 돌아보았다.

"없으면 씨를 뿌려서 싹을 틔워서라도 만들어올게."

톰은 활기차게 자신의 주방으로 돌아갔다.

장태는 휘파람을 불며 씨간장을 꺼냈다. 그걸 몇 스푼 팬에 떨구고 설탕을 섞어 구워냈다. 고기는 두 가지로 스파이스에 재웠다.

〈오리 가슴살—구운 소금 적량과 흑후추, 벌꿀, 무화과 갈아낸 것.〉

〈토시살—역시 구운 소금 적량과 양파 갈아낸 것, 흑후추, 벌꿀.〉

두 번째로 준비한 건 연어와 아스파라거스, 망고, 파인애플, 토마토와 채소들이었다. 이건 톰이 방금 공수해 온 것. 불행한 건 그 안에 자두도 보였다는 사실이었다.

"숀리, 숯불 두 군데로 부탁해!"

지시를 날리며 자두를 던져 주었다.

"예, 쉐프!"

자두를 입에 문 숀리는 바로 숯을 피우기 시작했다. 오븐은 켜지 않았다. 철판도 달구지 않았다. 가스는 오직 씨간장을 설탕과 함께 끓여낸 것뿐. 그러니까 요리의 불은 숀리가 피우는 숯불뿐이었다.

"왜 오븐을 켜지 않는지 궁금하니?"

숯불 앞으로 다가온 장태가 물었다.

"네!"

"그럼 잘 기억해라. 오늘 재료는 모조리 구워버릴 거다."

"망고하고 바나나, 파인애플도요?"

"그래. 구우면 단맛이 팍 살아나거든."

"연어도요?"

"그건 더욱 숯불이 필요하지. 해물은 숯불에 구워야 혹시 모를 비린내까지도 싹 잡아주거든."

"싹?"

숀리가 발음을 따라했다.

"그래, 싹!"

그사이에 장태는 연어를 꼬지에 끼울 차비를 마쳤다.

"레시피 적어야지?"

"네? 네!"

"연어 아스파라거스 구이!"

장태의 입에서 줄줄 레시피가 흘러나왔다.

1) 연어를 적당한 크기로 잘라 레몬즙을 뿌려준다.

2) 아스파라거스는 필러로 껍질을 벗겨 어슷 썬다.

3) 두 가지 재료를 보기 좋게 꼬지에 꿴다.

4) 실온에서 녹인 버터를 붓으로 찍어 두 재료에 바르고 연어가 노릇
해지도록 굽는다.

"여기에는 어떤 소스가 좋을까?"

"머스터드요!"

"오케이, 식성에 따라 다른 걸 첨가해도 되겠지."

"그리고 오븐이 아니라 숯불에서 굽는 것도요?"

숀리는 핵심을 잊지 않고 있었다.

장태는 그릴부터 체크했다. 모든 그릴에는 고기가 달라붙는
다. 숯불에서 나오는 고열 때문이었다.

숯은 섭씨 700도 이상의 열을 낸다. 한가운데는 1100도, 숯불
사이의 공간에서는 1400도 이상 가기도 했다. 그렇기에 그릴의
코팅도 결국 무력화되고 만다.

방법은 하나.

바로 시즈닝(Seasoning), 즉 길을 들이는 것.

불에 달궈진 그릴에 식물성 기름을 발랐다. 연기가 나기 직전
까지 수차례 반복. 요리에는 왕도가 없다. 관리하고 또 관리해야

좋은 맛을 얻을 수 있는 것이다.

그릴 관리가 끝나자 숯불을 확인했다. 재가 숯 위에 살포시 내려 있다. 타이밍이었다. 바로 이 불에서 구워야 최상의 맛을 얻을 수 있었다.

"그럼 시작해 볼까?"

장태의 손이 걸쭉하게 끓은 씨간장을 끌어당겼다. 그건 흡사 조청처럼 진하고 끈끈했다. 설탕과 씨간장의 조화가 제대로 일어난 것이다.

일단 붓이 먼저 움직였다. 이번에도 고기 표면에 버터를 발라 준 것. 매리언의 것을 풍부하게, 공 박사의 것은 가볍게. 버터를 입은 두 고기가 그릴 위로 올라갔다.

치이익!

살이 쇠와 닿으면서 경쾌한 소리와 함께 맛의 폭풍이 풍겨 나왔다. 하얀 연기에 모락 묻어나는 매혹적인 맛 냄새…….

"우와!"

손리의 목젖이 쉴 새 없이 움직였다. 먹고 싶다. 목젖의 비명이다. 하긴 고기 굽는 냄새 앞에 초연할 육식동물이 또 어디 있을까?

한 번 불맛을 입힌 고기 위에, 이번에는 씨간장이 진득하게 발라졌다.

치이익!

간장 타는 냄새와 고기의 기름, 버터가 함께 녹아내리면서 피어난 냄새는 연기로 변해가며 미각을 흔들기 시작했다.

기름!

치익!

방울져 흐르면서 숯불과 반응하며 피워 올리는 연기.

기름이 빠지는 것이야말로 숯불에 굽는 진정한 목적이었다. 이때 복잡한 화학 반응이 일어나면서 맛과 향이 고기에 달라붙는 것이다.

'한 번 더!'

간장이 한 번 더 발라졌다.

'또 한 번 더!'

총 세 번 간장을 발라 구워낸 고기는 강철의 광택이 우러났다.

"쉐프……."

손리는 폭풍 군침을 삼키느라 안절부절이었다.

"샐러드를 부탁합니다. 손리 군."

장태의 시선이 주방을 가리켰다.

"그 옆에 마개가 열린 와인도!"

말을 하는 동안 장태는 연어를 구워냈다. 숯불의 온도를 기막히게 입혀 구워낸 연어 아스파라거스 꼬치는 또 다른 매력을 발산하고 있었다.

소스는 두 가지를 냈다.

연어 꼬치에는 머스터드 계열.

그리고 고기에는 에스파뇰 소스를 기본으로 끓인 씨간장을 더한 응용 소스. 연어 소스는 따로 냈지만 고기 소스는 고기 위에 부어 흥건하게 흐르도록 두었다.

"드시죠!"

마침내 요리가 공 박사와 매리언 앞에 세팅이 되었다.

연어 아스파라거스 꼬치를 곁들인 오리 가슴살과 토시살 스테이크. 짭조름하고 고소한 냄새에 금속광택으로 빛나는 비주얼. 거기에 기다란 토시살과 비교되는 오리 가슴살 배치는 역동적이면서도 안정감을 주는 플레이팅이었다. 한쪽을 차지한 구운 바나나, 망고, 파인애플 한 조각 역시 한 편의 오랜 서양화를 그려주고 있었다.

"오늘의 주제는 손잔등에 날아오른 오리입니다."

오리!

그 단어에 매리언의 고개가 치솟았다.

"매리언께서는 오리 가슴살을 먼저 드셔주시길 청합니다."

장태가 오리 부위를 가리켰다.

"저는……."

포크를 입에 문 채 난감한 표정을 짓는 매리언.

"쉐프, 내가 아까 미리 당부를……."

공 박사도 우려의 눈길을 보내왔다.

"딱 한 입이면 됩니다. 입에 맞지 않으시면 뱉어도 되고요."

장태가 웃었다.

쉐프 앞에서 그의 요리를 뱉는다? 그건 쉐프에게 있어 커다란 모욕이었다. 그런데도 거침없이 그런 조건까지 내거는 장태. 매리언은 그 자신감 앞에 눈을 깜박거렸다.

"딱 한 번이면……."

장태의 손이 다시 요리를 가리켰다. 매리언의 손은 천천히 움직였다.

쉐프가 면전에서 권하니 그저 흉내라도 내려는 것. 어찌어찌 한 조각을 잘라낸 매리언. 과거의 악몽이 떠오를까 봐 아예 눈을 질끈 감고 고기를 입으로 밀어 넣었다.

우물!

공 박사의 눈은 그녀에게 고정되어 있었다. 물론, 장태와 세준, 손리의 눈도 그랬다. 몇 번인가 우물거리던 메리언.

"윽!"

바로 오리 가슴살을 뱉어내고 말았다.

"이봐요. 쉐프!"

발끈한 공 박사가 자리를 박차고 일어섰다. 미리 당부까지 한 일에 고집을 부려 여자친구를 힘들게 한 쉐프. 그의 입장에서는 화가 나고도 남을 일이었다.

"매리언, 가요. 같은 한국인이라 뭔가 통할 줄 알았는데 이건 뭐……."

공 박사는 약이 제대로 올랐다. 하지만 그가 매리언을 부축할 때…….

"마스터, 오해예요!"

매리언이 놀라 손을 내저었다.

"오해?"

"맛이 없어서 뱉은 게 아니에요. 너무 맛이 있어서 놀라는 바람에……."

"뭐라고요?"

"정말이에요. 이 오리… 정말 오리고기 같지 않아요. 쉐프님 죄송합니다."

매리언은 장태에게 꾸벅 미안함을 전해왔다.

"그, 그래요?"

"쉐프, 우리… 계속 먹어도 되죠?"

매리언이 물었다.

"얼마든지!"

장태는 우아한 손짓으로 그녀에게 식사를 권했다.

"후아아!"

다시 두툼하게 한 입을 썰어 문 그녀에게서 무한 입김이 밀려 나왔다. 장태는 이제 걱정하지 않았다. 푸짐한 입김을 뿜으며 먹는 사람이 맛을 탓하는 건 본적이 없으므로.

"형……."

세준도 안도하는 모습이었다. 장태는 찡긋 윙크로 화답해 주었다. 그때 손리가 톡톡, 장태의 등을 두드려 왔다.

손리의 손가락은 공 박사를 향하고 있었다. 공 박사는 매우 바빠 보였다. 토시살 스테이크에 빠진 그는 완전히 식신 무아지경에 돌입해 폭풍흡입의 진수를 보여주고 있었다.

"이 소스 베이스가 간장이죠? 달콤 짭조름한 게 아주 사람을 환장하게 만드는군요."

순식간에 접시를 비워낸 공 박사가 말했다.

"더 드릴까요?"

장태가 묻자,

"저도 더 주세요!"

매리언도 동시에 접시를 내밀었다.

"으아, 진짜 간만에 배 터지게 먹었습니다."

와인까지 비워낸 공 박사는 푸짐해진 배를 두드렸다.

"저도요. 정말 잘 먹었어요."

매리언 역시 흡족하기는 공 박사에 뒤지지 않았다.

"그런데 쉐프……."

냅킨으로 입술을 닦아낸 매리언이 장태를 바라보았다.

"예!"

"오리고기 말이에요. 정말 오리고기 맞나요?"

"그럼요."

"그런데… 어째서 거부감이 들지 않았을까요? 나도 놀랐거든요."

"오리고기 싫다는데 굳이 그걸 메뉴로 삼은 것도 그렇고요?"

"네."

"실은 두 가지 이유가 있어서 그렇게 했습니다."

"두 가지라고요?"

그 말은 매리언과 공 박사가 동시에 합창을 했다.

"우선 오리고기부터 설명드리죠. 일단 매리언께서는 언젠가 오리고기를 먹을 때 속이 부작용이 난 게 맞습니다. 아마 그보다 먼 예전에는 잘 드셨을 테니까요."

"네……."

"모든 식품에는 상생과 상극이라는 게 있습니다. 미량으로 먹을 때는 모르고 지나갈 수도 있지만 사람에 따라서는 현증으로 나타나기도 하지요."

"부작용?"

"오리고기는 피해야 할 게 두 가지 있습니다. 바로 마늘과 자두이지요."

"어머, 그런 것도 다 있어요?"

"아까 오리고기 먹을 때 자두를 같이 얻어먹었다고 했었죠?"

"네……"

"그게 거북한 맛으로 남았을 겁니다. 그때부터 오리고기만 보면 비위가 반응을 한 거죠. 나는 싫어, 나는 싫어. 불에 데인 어린이가 불을 보면 움츠러드는 것처럼 우리 위장도 그런 반응을 보입니다."

"그런데 오늘은 어떻게?"

"제가 매리언의 위를 속인 거죠."

"속였다고요?"

"자, 어린아이의 예로 계속 가볼까요? 그 어린아이는 불이 무섭지만 어느 순간 모든 불이 다 무섭지는 않다는 걸 알게 됩니다. 마찬가지로 매리언, 매리언이 좋아하는 맛을 강조해 새로운 체험을 하게 해드린 겁니다. 모든 불이 다 나쁘지는 않다는 것. 불이란 그저 사람이 이용하기에 달렸다는 것."

"쉐프……"

"핵심은 짠맛이었습니다. 매리언은 짠맛을 좋아하지 않지요?"

"네."

"그런데 지금 입맛이 어떤가요?"

"입맛?"

"잘 음미해 보세요."

장태는 느긋한 미소로 매리언을 바라보았다.

"그러고 보니… 짜요. 갈증이 좀 나는데요?"

"숀리, 매리언께 물을 좀 부탁해."

"네!"

장태의 지시를 받은 숀리가 재빨리 생수를 대령했다.

"매리언의 식성은 짠맛을 싫어하지만 그게 너무 심했습니다. 혀와 달리 몸은 염분을 원하고 있었던 거죠. 말하자면 생존본능이라고나 할까요."

"세상에!"

"그 비결의 소스는 바로 소이빈 소스, 한국의 간장이었습니다. 이게 워낙 잘 숙성된 것이라 짠맛이 안으로 숨었고 거기에 벌꿀과 설탕을 첨가해 한 번 더 숨겨 버렸지요. 곁들인 구운 과일들 또한 단맛이 증폭되어 구운 소금의 짠맛까지도 가려주었습니다. 나아가 매콤한 맛의 스파이스와 뜨거운 스테이크 역시 짠맛을 감추는 역할을 했지요."

"그러니까 역설적으로?"

"맞습니다. 짠 게 몸에 안 좋은 건 맞지만 그렇다고 너무 제한하는 것도 좋지 않습니다. 더구나 요즘은 날씨가 덥지 않습니까?"

그것으로 설명을 끝냈다. 매리언의 몸은 오방색이 무성하게 엉기고 있었다. 짠맛이 들어가면서 모자란 부분들이 충족된 것. 혀도 만족하고 오장도 만족하니 쉐프로서의 사명은 다한 셈이었다.

"그럼 제 건요?"

이번에는 공 박사가 나섰다.

"공 박사님의 스테이크는 스파이스와 버터 배합을 달리했습니다. 간장 또한 농도를 줄여 벌꿀을 더 넣었지요. 그래서 짠맛보다는 풍후한 맛이 더 깊었을 겁니다."

"허얼!"

공 박사는 빈 접시를 내려다보았다. 매리언의 접시는 바로 옆에 있었다. 몇 번을 봤지만 비주얼은 크게 다르지 않았다. 하지만, 사실은 아주 다른 요리가 나왔던 셈이었다.

"과연·말썽꾼 세준이가 빽 갈 만한 한 분이시군요. 그럼 또 한 가지는 뭐죠?"

공 박사가 장태에게 물었다.

"또 한 가지는……."

장태는 빙그레 웃으며 남은 설명에 들어갔다.

"소중한 것의 재발견이죠."

소중한 것의 재발견!

다소 의미심장한 말에 공 박사와 매리언이 귀를 기울이기 시작했다.

"세준이에게 말을 들었겠지만 박사님께 제 스승님의 로봇손을 부탁하려는 겁니다. 있던 것을 영영 잃어버렸기에 되찾아드리고 싶기 때문입니다."

"……."

"그런데 듣고 보니 매리언께서도 맛난 한 가지 음식을 영영 잃어버릴 상황이었습니다. 오리 파테와 오리 스튜, 오리구이, 오리

스테이크, 오리 커리, 오리 샐러드……. 좀 더 나가면 베이징 카오야도 있고 푸아그라도 오리의 사촌에게서 나온 것이니 그것도 못 먹게 될 수 있지요. 그 얼마나 비극인가요? 그렇기에 부득 위험도를 무릅쓰고 오리 요리를 올렸습니다. 메리언이 영영 잃어버릴 수 있는 맛 하나를 돌려드리기 위해서요."

"……!"

듣고 있던 공 박사의 눈이 휘둥그레지는 게 보였다. 그는 깨달은 것 같았다. 지금 장태가 무슨 말을 하고 있는 건지. 그가 요리로써 무슨 메시지를 전한 건지.

짝짝짝!

공 박사는 기꺼이 박수를 쳐 주었다. 메리언도 그 뒤를 이었다. 그리고 단호한 한마디가 뒤를 이었다.

"당신이 메리언에게 한 것처럼 최상의 로봇손을 만들어드리죠."

"공 박사님!"

"대신 이거 말입니다. 한 접시 더 안 될까요?"

공 박사가 빈 접시를 흔들었다.

         *   *   *

요리!

사람들은 말한다.

그까짓 요리가 뭐 그래 대단하냐고? 그냥 대충 배만 채우면 되는 거 아니냐고? 물론, 그럴 수도 있다. 배를 곯는 사람들에게 맛이란 사치에 불과하다.

과거 한국도 그랬다. 지금은 역사 속으로 사라진 보릿고개라는 단어가 산증인이다. 그때는 상당수 사람들이 초근목피로 배를 채웠다. 목적은 오직 허기를 면하는 것이었다.

역사가 변하듯 먹는 것에 대한 개념도 바뀌었다. 어느새 많은 나라들은 프랑스의 미식을 탐구하고 나아가 구가하고 있다. 바야흐로 먹는 것에도 폼생폼사 시대가 열린 것이다.

웰빙 푸드 시대가 왔다.

힐링 푸드 시대도 왔다.

먹을 것 지천인 시대에 왜 웰빙이고 힐링일까? 우선은 풍요 속의 빈곤과 스피드 때문이다. 재배 기술과 포장 기술, 물류 기술이 발달하면서 식품의 역사는 다시 한 번 요동을 쳤다. 한국이나 미국이나 문밖에만 나가면 먹을 것을 구할 수 있다.

또한 질이 문제가 되었다. 거의 모든 물건이 포장 안으로 들어가면서 이 문제가 대두되었다. 재배는 속성, 보관은 장기. 이 두 가지 문제는 식품의 핵심이 무엇인가를 돌아보게 하였다. 질과 맛이냐, 겉보기와 양이냐?

대량 생산 대량 소비.

속성 생산 속성 요리.

이렇게 반복되는 사회구조 속에서 사람들은 참맛을 잃어버리게 되었다. 제철 식품의 맛이 하나둘 사라지는 것이다.

게다가 포장식품에는 식품 이외에도 많은 것이 들어 있지 않은가.

첨가제! 방부제!

기업의 욕심, 심지어는 기업의 불확실한 미래에 대한 이윤까지.

너무 많은 것이 포함되다 보니 진짜 맛도 뒤섞여 증발해 갔다.

이러한 상황에 맞서가는 게 쉐프들이었다. 그들은 식재료 본연의 맛을 추구한다. 작은 허브 하나가 가지고 있는 특성조차 요리에 반영한다. 요리란 단순히 배를 채우는 게 아니기 때문이었다.

사람들이 요리에 감동하는 것. 그건 바로 쉐프들의 이런 노력이 있기 때문이었다.

매리언은 배가 터지도록 먹었다. 공 박사도 토시살 스테이크를 두 줄이나 더 해치웠다. 그들은 그제야 깨달았다. 그들의 배가 빈 공간 제로의 만땅이 되었다는 걸. 누군가 배를 누르면 그 압력만큼 입으로 뭔가가 넘어올 것 같다는 걸.

"진짜 간만에 배 터지도록 먹었습니다."

"저도요."

공 박사 옆에서 매리언도 행복하게 웃었다. 공 박사, 매리언에게 점수 좀 제대로 딴 것 같았다. 마찬가지로 장태도 공 박사에게 점수를 제대로 딴 모양이었다.

"자, 잘 먹었으니 이제 밥값을 좀 해볼까요?"

공 박사가 가뜬하게 일어섰다. 스승을 보기 위해 병원으로 가자는 의도였다. 매리언은 배식 봉사까지도 자처하며 남았다. 그녀의 마음은 완전히 열렸다.

서로의 마음을 여는 것. 그 중요한 일을 요리가 해낸 것이다.

"괜찮군요."

의사를 만나 스승의 진료 기록을 살펴본 공 박사가 웃었다.

"가능하겠습니까?"

장태가 물었다. 실은 그가 기록을 살펴볼 때부터 궁금했었다. 마치 첫 요리를 손님 테이블에 올려놓았을 때 그들의 반응이 미치도록 알고 싶던 것처럼.

"신경과 인대, 근육의 반응과 강도가 중요한데 말단까지 잘 분포가 되어 있습니다. 이 정도면 해볼 만하겠네요."

"박사님……."

"매리언 앞에서 체면을 세워주었는데 대충할 수야 없지요. 적어도 손가락은 제대로 움직이게 해야 하지 않겠습니까?"

"……."

"이쪽 신경선을 살리고 팔꿈치 부근의 신경을 연결하면 될 것도 같습니다. 이제 당사자를 만나볼까요?"

공 박사가 웃었다.

그는 나이보다 노련한 공학자였다. 단순히 로봇 팔을 만드는 게 아니라 배려까지 하고 있다. 냉철하게 정보와 현상을 파악하고 접근하는 자세. 공수표를 남발할 사람은 아닌 것 같았다.

"선생님!"

장태가 병실 문을 열었다. 안에는 안나와 라벨라 등이 미리 와 있었다.

"안나!"

"어머, 쉐프……."

그녀들은 스승을 위해 과일을 깎고 있었다. 노숙자 신분이지만 나눌 줄 아는 사람. 그걸 본 장태의 콧등이 시큰해졌다.

"로봇공학 권위자이신 공 박사님입니다."

안나와 라벨라가 자리를 비켜주자 공 박사를 스승에게 소개했다.

"권위자는 아니고요 이제 로봇공학이라는 게 뭔지 살짝 맛을 본 정도입니다."

공 박사는 붙임성 있는 말투로 인사한 후에 스승의 팔목을 살펴보았다. 몇 가지 도구로 누르고 만지고 하기를 반복한다. 그러다 결국 긍정의 시그널로 고개를 끄덕거렸다.

"우리 쉐프의 스승님이시라고요?"

대략적 확인을 끝낸 공 박사가 가방을 열었다.

"과분한 말이라오."

스승이 웃었다.

"이거 어떠십니까?"

공 박사가 꺼내든 건 샘플 로봇손이었다. 그걸 스승 코앞에 내놓으니 스승의 표정이 굳었다. 놀라움과 낯설음, 두 가지가 교차하는 표정이었다.

"잘 보세요."

공 박사는 팔목 끝을 잡고 로봇손을 작동시켰다.

기이잉!

미세한 소리를 내며 손가락이 작동하기 시작했다. 마디마디 동작을 마친 손가락, 포크를 집더니 깎아둔 과일을 집어 들었다. 조금 느리지만 아주 어색하지는 않았다. 다음으로 쿼터 코인을 집는다. 신기할 따름이었다.

"외관은 실제 피부와 크게 다르지 않고요 개인이 감각, 신경 기능으로 훈련하기에 따라서는 가위질도 가능합니다. 물론 진짜 손처럼 빠르지는 않지만요."

스승의 눈은 공 박사 손에 들린 로봇손을 따라 움직였다.

"곧 준비를 마치고 연락하겠습니다. 오셔서 정밀 검사를 수행 해야 하거든요. 아무튼 이것보다는 좀 더 진보된 차세대 로봇 팔로 장착할 수 있을 겁니다. 그리고 비용은……."

"……"

잠시 긴장이 병실을 감돌았다. 비용은 얼마일까? 로이 회장이 대줄 의사가 있다고 했지만 그렇다고 해도 비용을 무시할 수 없었다.

100억이오!

…라고 한다면 대략 낭패가 아닐 수 없는 일이었다.

그런데… 공 박사의 입에서는 믿을 수 없는 금액이 튀어나왔다.

"Free입니다!"

비용은 공짜.

스승의 눈이 장태에게 돌아갔다.

"아아, 제가 무슨 자선사업가라서 그러는 건 아니고요, 이번에 미국 국방성이랑 함께 프로젝트를 하게 되었어요. 사람의 손발 처럼 움직이는 로봇센서 개발 사업이죠. 거기 모델로 쓸 사람이 필요한데 그건 어차피 제가 정할 권한이 있거든요. 얘기를 듣자 니 선생님도 최고의 쉐프이신 데다 이게 완성되면 현역 복귀도 가능하다니 그만큼 맞춤한 경우도 드물지요. 말하자면 서로 윈윈하는 일입니다."

"손 쉐프……."

스승의 눈과 손, 목소리가 경련하는 게 보였다.

"축하드립니다!"

장태가 웃었다. 장태는 보았다.

이 세상, 저 하늘이 그렇게 가혹하지만은 않다는 것.

사선을 넘어온 스승에게 새로운 세상이 열리고 있었다. 새로운 손목이, 새로운 일이 기다리고 있었다. 그래서일까? 창을 넘어와 스승의 어깨에 내려앉은 햇살이 축복처럼 보였다.

땡큐, God!

장태는 햇살을 향해 소리 없이 마음을 전했다.

*   *   *

"세준아!"

공 박사와 매리언이 돌아간 직후, 장태는 세준을 돌아보았다.

"에이, 뭐예요? 그 멜랑꼴리한 표정은?"

"고맙다."

"쳇, 내가 형한테 그런 말 들은 자격이 있어요?"

"있지. 당연히……."

"됐어요. 저도 이제 겨우 면목이 서는걸요."

"네가 왜?"

"아, 생각해 봐요. 이사벨 일도 그렇고 강 쉐프님 잡고 난장친

것도 그렇고……."

"네가 아니고 마약이 한 일이잖아?"

"아무튼 다행이에요. 이렇게라도 형과 강 쉐프님에게 도움이 되어서……."

"그보다 비용 말이야, 진짜 공짜로 받아도 되는 거냐? 요리에도 원가라는 게 있는데."

"사실 처음에는 10만 불 정도 얘기가 나왔었어요."

"그래?"

"그런데 전후사정을 다 듣더니 새 프로젝트에서 만드는 샘플 테스트 대상으로 가자고 해요. 그렇게 되면 더 나은 기능에 무엇보다 돈도 국방성에서 다 부담하게 된다고……."

"네 덕분이었구나?"

"형은 무슨……."

"고마워할 거 없다?"

"예, 요리나 잘 배우게 해주세요. 좀 못한다고 쫓아내지 마시고."

"쫓아내도 안 쫓겨 갈 각오, 그게 있으면 돼. 어떤 일이 있어도 주방에서 도망치지 않을 각오."

"참, 저 컴퓨터 하나 조립했어요. 주방 끝에 두었는데 괜찮죠?"

"컴퓨터?"

"재활용장 뒤져서 이것저것 골랐더니 대충 작동이 되더라고요. 모르는 레시피나 식재료 같은 거 공부에 쓰려고요."

"재주 좋구나. 그렇게 컴퓨터를 만들어내다니……."

"주방에서 배웠어요. 우리 식자재, 호텔 짜투리를 많이 쓰잖아요? 그걸 응용한 거죠, 뭐."

"들어가자!"

장태가 세준의 등을 밀었다. 공은 공이고 사는 사. 수련생이라면 시시덕거릴 틈 같은 건 없었다. 그랬다가는 어느 세월에 쉐프의 자리에 오를까?

"오늘은 칼하고 주방 기구부터 짚고 가자."

손리까지 가세하자 장태가 칼을 집어 들었다. 제일 작은 나이프였다.

〈페어링 나이프―과도, 가장 작으며 과일이나 채소에 사용.〉

〈보닝 나이프―뼈 칼, 육류 살을 발라낼 때 사용.〉

〈필레 나이프―생선 칼, 생선 포 등을 뜰 때 사용.〉

〈쉐프 나이프―다지기 썰기 등에 사용. 사용 범위가 가장 넓다.〉

〈서레이터드 슬라이서―톱니 칼, 빵이나 토마토, 오이 등을 썬다.〉

그리고…….

텅!

장태가 타오를 도마에 찍었다. 바로 클리버 나이프. 뼈를 자르거나 푸주용으로 쓰이지만 장태에게는 예외. 장태는 위의 다섯 가지 칼 용도를 전부 타오로 해결하고 있었다.

칼의 소재는 물론 다양했다. 스테인리스스틸이 있고 세라믹이 있고 탄소강이 있었다.

"탄소강 소재는 변색되는 단점이 있지만 칼을 갈기 쉽기 때문에 쉐프 나이프로 주로 사용한다. 반면 스테인리스스틸 소재는 칼날을 유지하기가 어려운데 고탄소로 만든 건 그런 단점을 보완해서 많은 요리사들이 선호하지."

"그런데 칼은 대개 얼마나 해요?"

세준이 물었다.

"쓸 만한 것 같으면 하나 당 수천 달러? 비싼 건 만 불이 넘는 것도 있지."

"우와!"

세준의 입이 쩍억 벌어졌다. 만 불이면 천만 원을 훌쩍 넘는다. 과도 하나에 3달러, 5달러로 아는 사람들에게는 기가 막힐 수도 있었다.

다음으로 조리기구의 용도를 알려주었다.

그라들!

그릴!

소스 팬!

소시에르!

스칼렛!

소테 팬!

그냥 보면 다 비슷해 보이지만 서로 용도가 달랐다. 장태는 직접 시범을 보이며 용도를 설명했다. 그리고 마지막으로 흔히 일어나는 실수에 대해 경종을 울렸다.

"꺼내 봐."

장태, 온도가 훌쩍 올라간 두 개의 오븐을 열었다. 안에는 소테 팬이 하나씩 놓여 있었다. 손리와 세준, 성큼 다가서더니 사이좋게 비명을 울렸다.

"앗, 뜨거!"

생초보들······.

장태의 강의를 듣느라 정신이 팔려 이성줄을 놓쳤다.

뜨거운 오븐 안. 그 안에 통째로 들어가 있는 조리기구. 특히 프랑스 요리는 소스 팬이나 소테 팬을 통째로 집어넣고 하는 요리가 많았다. 손잡이 부분까지 쇠로 된 소테 팬. 바쁘다고 깜빡했다가는 불덩이를 잡는 꼴. 거기다 놀라는 바람에 안에 든 내용물까지 뒤집어쓴다면?

바로 헬주방이 되는 것이다.

"알았지? 오븐 안의 손잡이는 절대 맨손으로 잡으면 안 된다는 거!"

장태가 웃었다. 다행히 온도는 많이 올리지 않은 장태였다.

6장

당신의 오디션을
책임져 드리지요

검보!

간단히 말하면 미국 남부식 부대찌개.

인디언과 프랑스 음식의 영향을 받은 미국 남부식 부대찌개를 말한다.

밤을 건너온 장태는 눈 뜨기 무섭게 레시피 하나를 읊어냈다. 한 노숙자가 정한 오늘의 스페셜이기도 했다.

검보(GUMBO) 레시피!

1) 닭고기를 팬에 볶아 기름을 낸다.

2) 돼지고기, 새우, 소시지, 파프리카, 양파 등을 넣고 볶는다.

3) 토마토 소스 계열의 크레올 소스를 투하하고 매콤한 카레를 10:1.5 정도 비율로 넣는다.

4) 여기에 적량의 타바코 소스를 넣으면 완성.

5) 먹기 전에 한 번 저어주는 센스가 필요하다.

취향에 따라 밥 대신 바게트 등의 빵을 찍어먹어도 되며 오리, 소고기, 게를 넣어도 OK. 스파이스 또한 식성에 따라 추가하면 된다.

노숙자는 소시지가 있으면 좋겠다고 했다. 다행히 짜투리 음식에 소시지가 있었으므로 문제될 건 없었다.

리뷰를 마치고 일어설 때 전화기가 울렸다. 헤븐 LA에서 만난 디바바였다.

—쉐프 손!

그의 목소리는 밝았다.

—저쪽에서 허락이 떨어졌어요. 이제 우리 둘이 전투하러 가는 겁니다.

전투!

그 단어가 살갑게 느껴졌다. 요리 경연 대회란, 말 그대로 전투였다. 아름답고 황홀한 맛의 전투…….

"아, 네……."

—나흘 후인데 스케줄 비워주세요. 부탁합니다.

"그러죠."

—그럼 그날 뉴욕 공항에서 뵙시다.

디바바는 들뜬 목소리로 전화를 끊었다.

그의 마음은 벌서 에티오피아에 가 있는 걸까? 그곳의 가난한 어린이나 빈민들에게 푸근한 음식을 돌리고 있는 걸까?

희망찬 마음으로 시작하는 아침은 나쁘지 않았다.

"……!"

문을 열고 들어서던 장태, 테이블에 앉아 정신을 놓고 있는 세준을 보고 걸음을 멈췄다.

컴퓨터 화면에는 무 깎기와 당근 깎기 그림이 나와 있었다. 테이블과 바닥은 무 가닥과 당근 조각이 지천. 밤을 새운 걸까? 세준은 장태가 다가오는 것도 모르고 있었다.

방해하지 않고 나와 공원 쪽으로 걸었다.

무엇엔가 미친다는 건 행복한 일이다. 그런 사람은 재능이 없어도 뭔가 이룰 수 있다. 요리에도 재능이 절대적이지만, 재능이 없다고 해서 불가능한 것도 아니었다.

"쉐프!"

장태를 본 안나가 달려와 물 한 컵을 내밀었다.

"잘 잤어요?"

"네, 저 어때요?"

안나가 붉은 얼굴을 붉히며 웃었다. 그러고 보니 그녀의 얼굴이 말쑥했다.

"좋은 일이라도 있어요?"

"아드리안이 알선해 줘서 직업학교에 등록했어요. 오늘부터 주 3회 한나절씩 기술을 배워요."

"우와, 그거 잘됐네요."

"잘할 수 있을지 모르겠어요."

"당연히 잘할 거예요. 파이팅!"

"파이팅!"

장태만 하는 한국식 인사. 벌써 많은 노숙자들이 물들었다. 장태, 어쩐지 오늘은 스페셜을 하나 더 만들어야 할 것 같았다. 안나의 새 시도를 축하하는 스페셜…….

돌아서던 장태의 눈에 안나 주머니에 찔려진 책 제목이 들어왔다

데미안!

헤르만 헤세의 명작으로 장태도 저 책을 좋아했다.

중2 때였다. 막 그 책을 읽고 있을 때 친구 놈 하나가 학교폭력에 시달리는 걸 알았다. 책 중의 악당 크로머가 겹쳐 왔다. 그러다 화장실에서 그 장면을 목격하게 되었다.

장태가 말렸다. 한국판 크로머는 불뚝거리며 장태까지 위협했다. 하지만 장태를 폭행하지는 못했다.

당시 장태는 반장, 게다가 영어를 술술 말하는 아이였다. 아버지는 한의사에 엄마는 개인 연주회까지 여는 피아니스트로 학교에서 나름 유명세를 떨치던 인물이었고, 농구는 길거리 대회를 나가느니 마느니 하는 위치였다.

"씨발!"

크로머는 욕설로 체면을 대신했다.

"고마워."

한국판 싱클레어가 장태에게 말했다. 그 눈에 서렸던 불안과 공포… 그리고 안도감. 그날 장태는 그 친구를 집으로 데리고 왔다. 크로머에게 우정을 과시하기 위해서였다.

내 친구니까 건드리지 마.

그런 마음이 담긴 일이었다.

'그때 아마 신라면에 계란을 넣었었지?'

그 친구가 보는 앞에서 깬 계란이었다. 새는 알을 깨고 나온다. 그걸 알려주고 싶었다.

'알……'

다시 장태는 현실로 돌아왔다. 안나를 위한 요리 하나가 머리를 뚫고 지나갔다.

무릇 모든 새 출발은 자기 세계에서의 탈출을 의미한다. 헌것을 깨고 나가는 것이다. 새가 알을 깨고 나가듯.

장태가 생각한 요리는 캐비어와 양파, 감자를 곁들인 반숙 계란이었다. 생각만 해도 이미지가 기가 막힌 요리. 비용대비 최고의 요리가 떠오른 것이다.

"헤이, 손리. 좀 도와줄래?"

2주방으로 들어선 장태, 소매를 걷고 나섰다.

"말씀만 하세요. I am ready!"

"폼 수풀레 좀 부탁해."

장태는 튀김에 알맞은 페루비안 블루종을 골라 던져 주었다.

"나는요?"

팬을 닦고 있던 세준도 돌아보았다.

"넌 양파 좀 얇게 썰어볼래? 최대한 얇게."

"오케이. 신문 글자가 비치도록 말이죠?"

"알았으면 스타트!"

장태는 물에 소금을 넣고 큼지막한 계란 하나를 투하했다. 이번에는 휘젓지 않고 얌전히 두었다. 노른자가 중앙으로 쏠리면 안 되기 때문이었다.

계란이 반숙으로 익어가는 동안에 다시마와 파인애플, 사과, 오렌지, 키위 등을 토막내 끓였다. 담백한 맛이 우러나자 찬물에 팬을 식혀 연어 알을 담갔다. 속성이라 깊은 맛까지는 무리지만 나쁘지는 않을 것 같았다.

마지막으로 훈연된 소금과 고구마 식초, 플레인 요구르트로 만든 흰 소스와 암갈색 말타이즈 소스, 구운 아스파라거스를 준비했다.

숀리의 감자튀김이 완성되었다.

세준의 양파는 식초를 탄 뜨거운 물에 살짝 넣었다 꺼낸 후에 초벌 꿀절임으로 마무리를 했다.

"플레이팅하는 걸 볼 테냐?"

준비를 끝낸 장태가 둘을 돌아보았다.

"요리를 더 빛내주는 플레이팅 법!"

─여백 강조!

─단순함 회피!

─다양한 접시의 이용!

─기하하적 구조의 활용!

─소스와 고명의 십분 활용!

장태는 몇 가지를 설명하며 시연을 했다. 장태가 선택한 건 검은 접시. 묵직한 안정감이 느껴졌다.

꿀꺽!

긴장한 숀리와 세준의 목으로 침이 넘어갔다. 장태도 그랬다. CIA에서 수학할 때 저명한 쉐프들이 하던 플레이팅. 그건 정말 신세계였다.

같은 음식이라도 맛나게 담아내는 테크닉의 차원이 달랐던 것이다. 하지만 눈으로 보고도 따라할 수 없었던 절망감. 장태가 담으면 그저 허접한 음식으로 머물러 버리던 그 아뜩함……

장태는 붓을 들어 접시 중앙에서 모서리 쪽 3분의 2 지점에서 한 바퀴를 돌렸다. 두툼한 흰색 소스가 마치 화선지의 먹처럼 자연스럽게 보였다. 그 한쪽으로 말타이즈 소스가 뿌려지고 반대편에는 반숙 계란의 노른자가 물감처럼 풀어졌다.

시계로 보면 12시 방향에 감자칩이 놓이고 2—3시 방향으로 초절임 양파, 10시 방향으로 모듬 허브. 마지막으로 계란이 접시 중앙, 그러니까 말타이즈 소스와 계란 노른자 위에 고이 올려졌다.

잠시 손리와 세준을 돌아본 장태, 미리 살짝 벌려둔 계란을 지그시 누르자 안에서 연어 알이 푸짐하게 밀려 나왔다.

"……!"

손리와 세준은 벌어진 입을 다물 수 없었다.

검은 접시에 둘러진 흰 소스의 선명함. 그 위에 판타지처럼 올라앉은 감자와 허브, 양파. 그 색들 사이에서 비치는 계란 노른자 액체의 노랑 선명함이라니!

그리고… 그 모든 것을 호령하며 누가 주인공인지를 알려주는 계란 하나의 위용과 그 안에서 쏟아진 연어 알의 생동감. 검은색과 흰색, 노랑과 초록에 다홍빛 연어 알까지 어우러지니 그야말로 한 편의 명화가 거기 있었던 것이다

"우와!"

"진짜… 아까워서 손도 못 대겠네요."

손리에 이어 세준도 고개를 저었다. 맛은 둘째 치고 비주얼에서부터 마음을 사로잡아 버린 것. 들어간 비용은 몇 푼 되지 않지만 황제의 만찬에 내놓아도 꿇리지 않을 요리였다.

〈연어 알에 감자를 곁들인 반숙 계란〉

이름 하여 새 출발!

"어머!"

당연히 요리를 받아 든 안나는 감격에 겨워 말도 하지 못했다.

"꼭 꿈을 이루길 바랍니다."

장태는 요리보다 따뜻한 미소로 말했다. 그리고 돌아섰다. 그녀, 안나가 편안하게 먹을 수 있도록. 아낌없이 다 먹고 멋진 새 출발이 될 수 있도록.

장태를 보고 있던 안나도 화답을 안으로 삼켰다.

고마워요, 쉐프!

*　　　　*　　　　*

"장태 형!"

에스파뇰 소스로 응용소스를 만들고 있을 때 세준이 주방으로 들어왔다.

"왜?"

소스 맛을 보던 장태가 돌아보았다.

"시장실에서 사람이 왔어요."

"시장?"

동시에 LA 시장 얼굴이 스쳐 갔다. 그가 말하던 지인의
딸……

　　―네가 쉐프인지 증명해 보라.

　　그날의 막이 열린 것이다.

　　"어디로 모셨냐?"

　　"차 앞에 계세요."

　　"그럼 미안하지만 차 한잔 가져다드려."

　　"헤븐 LA 때 나온 말 때문에 왔군요?"

　　"그런 모양이다."

　　"아, 형 또 객지에서 좀 구르겠네."

　　"걱정되냐?"

　　"그렇잖아요? 여기서 손님 맞는 것도 힘든데……"

　　"원래 세상은 그런 거야. 서로 모르는 사이에서는 확인이 필요
하거든. 우리도 그런 통과의례 치루지 않았냐?"

　　"……"

　　"혹시 내가 늦어도 연습 게을리 말고 톰 아저씨도 많이 도와
드려."

　　"그건 걱정 마세요."

　　"힘들지?"

　　"나요?"

　　"요리 말이야, 어쩌면 컴퓨터 프로그램처럼 짜릿한 보람은 없
을지도 몰라. 이거야말로 사명감이 필요한 일이니까."

　　"형이나 강 선생님처럼요?"

　　"나는 아직 강 선생님에 묻어갈 레벨이 아니다."

"내가 볼 때는 형도 끼어도 되요."

"말이라도 땡큐, 아무튼 부탁한다."

장태는 세준의 팔뚝을 툭 쳐 주고 밖으로 나왔다.

"쉐프 손!"

시장 비서가 손을 흔들었다.

"준비되셨습니까?"

비서가 물었다.

"어디죠?"

"헌팅턴 비치 쪽입니다."

"주소를 주시면 제가 찾아가지요."

"그러실 필요는 없고 곧 그쪽에서 차가 올 겁니다."

비서가 도로 쪽을 바라보았다.

차를 기다리는 동안 비서는 2주방과 거기 딸린 작은 방들을 돌아보았다. 시장의 지시가 있었던 눈치였다.

"열악하군요."

건물을 돌아본 비서가 말했다.

"노숙자들보다는 낫지요."

"그래서 말인데, 시장님이 아직 결정을 내린 건 아니지만……."

비서는 노숙자들을 바라보며 뒷말을 이어갔다.

"일이 잘되면 저쪽 부지에 노숙자들을 위한 휴게실을 지을 계획도 있으신 모양입니다."

"그래요?"

장태의 귀가 번쩍 뜨이는 소리였다.

"솔직히 말하면 이번 일이 잘되어야 모든 게 수월해집니다. 쉐프를 만날 분이 이 지역 하원의원이시거든요."

'하원의원?'

장태의 머리카락이 훌쩍 곤두서 버렸다. 시장의 지인이라기에 빵빵한 사람일 줄은 알고 있었다. 하지만 하원의원이라면 그 상상을 뛰어넘는 지위였다.

"저기 오네요!"

검은 차 한 대가 들어서자 비서가 손을 가리켰다. 차는 장태 앞에 와서 가볍게 멈췄다. 뒤쪽 문이 가만히 열렸다. 장태를 또 다른 운명으로 이끌 문이 열린 것이다.

하워드 하원의원!

그의 집은 소박했다. 대아메리카의 하원의원 거처답지 않은 곳이었다. 집 공간은 넓었지만 소박한 정원과 소박한 설계……. 모든 것이 소박한 집이었다.

"반갑습니다!"

하워드는 정원의 파라솔에서 장태를 맞이했다. 테이블에는 의정 공부를 위한 도서와 관련 법령 사안이 산더미처럼 쌓여 있고 노트북도 두 대나 켜져 있었다. 척 봐도 권세나 떨 사람은 아니었다.

'이 사람의 오방색은……'

신맛〉쓴맛〉짠맛〉매운맛〉단맛.

담백한 감칠맛은 오방색의 중간쯤, 그러니까 쓴맛 앞에 줄을 서고 있었다. 오늘은 특별히 의뢰자의 부모 식성부터 챙겼다. 누군가 먹은 것은 4대를 가는 법. 그러니까 딸이라고 해도 아버지의 오방색에서 자유로울 수 없기 때문이었다.

　단맛을 싫어하니 당연히 황색 기색이 의기소침. 위나 비장이 좋을 리 없어 약간의 구취까지도 느껴졌다.

　"시장께서 추천하시기에 받아들였습니다만……."

　하워드는 담담한 미소를 머금은 채 장태를 바라보았다.

　"사실 의사와 영양사들도 해내지 못한 일입니다. 강권에 의해 등을 떠밀려 온 거라면 돌아가셔도 됩니다."

　"강권은 아니었습니다."

　장태는 의사를 확실히 밝혀두었다.

　"그렇잖아도 쉐프를 모시기 전에 몇 가지 자료를 뽑아보았습니다. 코리아 출신이시라고요?"

　"예."

　"노숙자들을 상대로 치유식을 한 경험이 있으시다?"

　"예."

　"미리 말씀드릴 건 엄청난 재료비를 원하시면 곤란하다는 점입니다."

　"무슨 뜻인지?"

　"전에 약선식을 한다는 쉐프가 왔었는데 끼니당 2만 불을 원한 적이 있었소. 그건 사기지……."

　"그런 일은 없을 겁니다. 그럴 생각도 없고요."

　"상식적인 측면이라면… 한 번 믿어보겠습니다."

　"걱정 마십시오. 지금까지도 늘 그래왔으니까요."

　"마음에 드는군요."

　하워드의 손이 키보드를 건드렸다. 그러자 두 개의 노트북에서 서로 다른 화면이 나오기 시작했다. 두 곳에 공히 티나가 있었다.

한쪽 화면은 연습장!

또 한쪽은 오디션장!

연습장의 티나는 날아다닌다. 그녀는 뮤지컬 배우를 꿈꾸는 소녀. 춤은 역동적이고 목소리 또한 허스키가 섞여 매혹적이었다.

그런데!

오디션장의 그녀는 연습장의 모습과 사뭇 달랐다. 조심스럽고 주저한다. 그러다 결국은 쓰러지고, 주저앉아 버린다.

"첫 시작은 구토 때문이었소. 언젠가 오디션 전에 먹은 식사를 다 토해 버린 거죠."

구토…….

그래서 자신감을 잃은 걸까?

"그 후로 악령이 붙은 건지 징크스가 생겨 모든 오디션에서 탈락했습니다. 이제 남은 건 하나뿐이오. 물론, 이게 가장 비중이 높은 오디션이기도 하지만……."

"따님은 어디 계십니까?"

화면이 끝날 때쯤 장태가 말했다.

"존, 티나 좀 데리고 오시게."

하워드가 비서를 향해 소리쳤다.

티나!

그녀는 그야말로 움직이는 비너스였다. 새하얀 피부에 은발의 머리카락. 잘록하면서도 볼륨감을 갖춘 균형 잡힌 몸매는 현기증까지 일게 만들었다.

이제 갓 열여덟 살. 바야흐로 농염하기 익기 시작한 여성의

문턱에 선 그녀는 청초함과 관능미가 뒤섞인 어마무시한 라인의 소유자였다.

"네게 에너지 푸드를 만들어줄 수 있다는 쉐프시다."

의원이 장태를 소개했다. 가만히 장태를 바라보던 티나, 딱 한 마디를 하고 돌아서 버렸다.

"헛수고하실 필요 없어요. 더구나 겨우 노숙자 식당의 쉐프라면서."

헛수고.

숭덩!

그 단어가 장태의 가슴을 베고 지나갔다.

겨우 노숙자 식당의 쉐프.

그 뒤에 숨겨진 선입견은 더욱 아팠다.

*   *   *

헛수고!

당돌한 한 마디를 남겨놓은 그녀가 저만치 멀어지고 있었다.

"티나 양!"

그 뒤통수로 장태 목소리가 날아갔다.

"……!"

그녀의 걸음이 멈췄다. 상체의 움직임은 거의 없이 눈부신 목덜미만 돌려 돌아보는 티나.

"당신보다 더 쟁쟁한 분들도 손을 들고 갔어요. 다시 부질없는 희망이 절망으로 무너지는 걸 보고 싶지 않아요."

허스키하면서도 가는 목청. 독특한 보이스를 쏟아낸 그녀는 현관 안으로 사라졌다. 까칠 여왕과 짜증 소녀의 범벅, 거기에 체념 공주까지 섞여진 모습……

장태 옆에 선 의원은 어깨를 으쓱하며 난처함을 표시했다.

"미안하오. 징크스가 반복되다 보니 아이가 예민해져서……"

이해했다. 그리하여 자살까지도 생각했다고 들은 터였다.

"오디션은 언제죠?"

"모레라오!"

"내일 리허설을 치루면 되겠군요?"

"리허설?"

"예."

"지금 무슨 말을 하는 거요?"

"의원님이 믿어주신다면 따님은 제가 데려가겠습니다."

"노숙자 쉼터로 말이오?"

"공원이 넓으니 그만한 리허설 무대도 없지요."

"당신……"

"믿어주시겠습니까?"

장태, 반듯한 시선으로 의원을 윽박질러 나갔다.

"허어… 이거야 원… 여기저기서 당신 소문을 듣기는 했지만 데려가는 건……"

"다른 방법이 없어서 저를 부른 거 아닌가요?"

"쉐프!"

의원이 눈빛을 세웠다. 최후의 자존심은 내놓지 않겠다는 뜻이었다.

"내키지 않는다면 몇 가지 증거를 보여드리죠."

장태도 눈빛을 세웠다.

처음 보는 하원의원.

더구나 합리적인 미국 상류층의 인물. 장태와 잘 아는 사이가
아니니 실증이 필요한 상황이었다.

"증거?"

"의원님은 새콤한 맛의 마니아이시군요. 모든 음식 중에서 가
장 선호합니다. 다음은 짠맛이고… 가장 싫어하는 게 바로 단맛
입니다. 그 덕분에 위가 그리 좋지 않을 테지요. 입도 마찬가지
라 종종 구취도 느끼실 테고."

"웁쓰!"

"나아가 선호하는 식재료는 육류〉견과류〉야채〉과일〉해물의
순일 겁니다. 고기 중에서도 특히 소고기 등심과 양고기를 좋아
하시지요?"

"……?"

"저는 손님의 입맛을 조금 판단할 수 있는 공부를 했습니다.
신처럼은 아니지만 그 유사한 흉내는 내지요."

"놀랍군."

짝—짝!

하워드의 손이 딱 두 번, 박수를 쳐주었다.

"따님이 자신감을 찾아 오디션을 제대로 치르길 바라십니까?"

"그야 물론!"

"징크스를 깨버리길 바랍니까?"

"당연히……."

"제가 성심껏 도와드리겠습니다."

"정말 가능한 거요?"

"오디션 시간까지 정확히 몇 시간이 남았습니까?"

"모레 오후니까 52시간?"

"48시간을 제게 주시면 티나가 자신감을 찾을 수 있는 요리를 찾아보겠습니다."

"쉐프⋯⋯."

"대신 그 48시간 동안 제 말에 절대적으로 따라야 한다는 조건이 있습니다."

"가둬두고 강제로 음식을 밀어넣기라도 하려는 건가요?"

"어렵게 생각할 필요 없습니다. 단지 제가 주는 요리를 착실하게 먹으면 됩니다만 다소간의 제약은 있을 겁니다."

"꼭 데려가야만 하는 거요?"

"예!"

"허어, 쉼터가 호텔도 아니고⋯ 주변에는 노숙자들이 득실, 게다가 동양의 인권 개념을 믿을 수가 있나."

"⋯⋯."

"험험!"

하워드, 말을 하고 실수라는 걸 알았는지 헛기침으로 넘어갔다.

"딱히 걱정이 되시면 비서관을 주변에 상주시키시면 됩니다."

"그래도 당신 요리를 안 먹으면?"

"최선을 다하겠습니다. 이런 걸로 사기를 친다면 제가 쉐프도 아니겠지요."

"쉐프가 아니다?"

"내키지 않으시면 거절하셔도 됩니다."

장태도 승부수를 날렸다. 더 비굴하고 싶은 마음은 없었다. 단지 빛나는 재능을 가진 아이의 창창한 미래가 안타까운 심정. 그럼에도 마음을 열지 않으면 어쩔 수 없는 일이었다.

"그럼 말이오, 그렇게까지 했는 데도 당신 뜻대로 되지 않으면 어떻게 되는 거요? 우리 아이는 상처 하나가 늘어날 텐데……."

하워드의 눈빛이 묵직해졌다.

"의원님이 생각하는 조건을 말씀하시지요."

"노숙자 쉼터는 병원이 아니니 내 딸의 반감이 클 거요. 그러니 당신이 방금 한 말에 책임을 지지못한다면……."

"……?"

"실패하면 당신은 나를 적으로 두게 될 거요. 그래도 괜찮겠소?"

적?

하원의원!

로또 복권 맞듯 우연히 당선되는 일이 아니었다. 그 파워를 생각하면 허풍으로 끝날 일이 아니었다. 스승의 복귀에도 문제가 될 수 있는 일이었다.

장태의 미래.

스승의 복귀.

나아가 쉼터에 지을 수 있는 장태의 레스토랑!

자칫하면 세 가지 일이 얽힌 사건으로 비화될 수도 있었다. 그래도 복잡하게 생각하지 않았다. 간단히 생각하면 아주 간단했다. 해내면 그만이었다. 티나에게 용기를 주는 요리, 만인 앞에서 에너지를 뿜어내는 요리…….

"자신 없으면 그냥 돌아가시오."

"……"

잠시 생각에 잠겼던 장태, 기꺼이 옵션을 받아들였다.

"할 수 있습니다."

이미 티나에게까지 자존심을 구긴 장태. 이대로 물러서고 싶지 않았다. 증명이 필요한 일이라면 증명해서 가치를 높이는 게 옳았다.

사실 쉐프가 의사와 동등할 수는 없었다. 게다가 장태는 노숙자들에게도 이보다 더한 모멸감을 받은 경험도 있는 몸. 요리로 치료식을 만든다는 것. 그것 의사처럼 면허로 증명된 일이 아니기 때문이었다.

그러자 의원이 부수적 조건 하나를 덧붙여놓았다.

"티나를 맡기겠소. 단, 우리 아이가 비위가 약해서……"

"이미 말씀하셨습니다. 헛구역질에 구토……"

"문제는 그때 한 번이 아니라는 거요."

"소화기관에 질병이 있나요?"

확인을 위해 물었다.

"잘 나가는 소화기내과 의사들 말이 그건 아니라고 하니 나도 미치겠는 거요."

"그렇다면 제가 해결할 문제로군요. 잘 참고해 두고 요리 비용은 나중에 따로 청구하겠습니다. 많아도 1000불은 넘지 않을 겁니다."

"……!"

하워드의 눈매가 풀어지는 게 보였다. 장태는 모른 척 넘겼다.

중요한 건 의원이 아니고 그의 딸 티나였으므로.

덜컥!

쉼터로 돌아온 장태, 자기가 쓰는 방문을 열었다. 그런 다음 침대에 널린 너저분한 것들을 치워주었다. 그런 다음 티나가 들고 있는 가방을 받아 침대 위에 던져 놓았다.

"이틀 동안 네가 잘 자리야."

그 말은 함께 온 비서관 존도 들었다. 존의 표정은 굳어 있다. 장태가 쓰던 우중충한 잠자리가 좋아 보일 리 없었다.

"잠은 집에서 자고 오면 안 될까요?"

비서관이 물었다.

"그럼 그냥 가방 들고 가시죠."

장태는 한마디로 일축했다. 하워드와의 계약(?)을 아는 비서관이기에 군말은 이어지지 않았다.

"비서관께서 같이 잘 건 아니겠죠?"

장태가 존을 돌아보았다. 나가달라는 완곡한 표현이었다.

티나!

핸드폰도 압수.

"형!"

2주방으로 오자 세준이 다가왔다. 걱정과 궁금증이 가득한 표정이었다. 왜 아닐까? 꽤 걸릴 줄 알았던 출장에서 바로 돌아온 장태였다. 게다가 여자를 달고 왔다. 게다가, 그 여자를 장태 방에다 들여놓았다.

"하원의원 따님이셔."

"엑, 하원의원씩이나요?"

세준이 자지러졌다.

"뮤지컬 배우 오디션을 앞두고 있고."

"으악, 어쩐지 몸매가 작살간지……."

"내일 저녁이나 모레 아침에 공원에서 리허설할 거야."

"예?"

"그 안에 요리로 그런 용기를 만들어줘야 해. 못 하면 강 선생님 복귀 자리까지 다 날아갈지도 몰라."

"형……."

"게다가 저 꼬마 아가씨, 먹으면 죄다 반납하는 약한 비위의 소유자!"

"……!"

"어떻게 생각해?"

"뭐, 뭐가요?"

"이 상황 말이야. 쉐프 지망생으로서."

"그게……."

"아, 진짜… 갑자기 그렇게 많은 걸 물어보면 어떡해요라고 말하려고?"

장태가 조금 앞서 나갔다.

"아니에요. 쉐프는 할 수 있어요. 분명히 해낼 거라고요."

답을 내놓은 건 세준이 아니라 조금 늦게 들어온 손리였다.

"그렇지?"

손리를 본 장태가 시원하게 웃었다.

"네, 저는 무조건 쉐프 편이에요."

"고맙다."

장태는 손리의 두 볼을 마구 비벼주었다.

"역시 손리가 최고야. 그런 의미에서 저 누나 공원 구경 좀 부탁해."

"그냥 구경만 시키면 되요?"

"어디서 공연을 하면 좋을지 골라 두라고 하면 더 좋지."

"노래 잘해요?"

"춤도 끝내줄걸?"

"이사벨 누나 연주보다 더요?"

"글쎄……? 그건 둘이 같이 해봐야 비교가 될 것 같은데?"

"오, 그럼 진짜 잘하나 본데요?"

손리의 눈이 초롱거리기 시작했다. 그사이에 장태는 식재료상에 전화를 걸었다. 필요한 몇 가지가 있었다.

양유(羊乳)!

제일 먼저 대령된 건 양의 젖이었다. 이건 그리 구하기 어렵지 않았다. 데운 양유에 레몬밤 허브를 첨가. 양유와 레몬밤은 유사한 효능을 가지고 있으니 상승작용을 노린 것이다.

하지만 타이밍은 그리 좋지 않았다. 티나가 파인애플을 먹고 있었기 때문이었다. 그사이에 존을 쪼아 간식을 준비시킨 모양이었다.

"Oh, No!"

장태는 그녀의 포크를 잠시 거둬들였다.

"간식 한쪽 먹을 자유도 없어요?"

티나가 도끼눈을 뜨며 물었다.

"48시간은 협조하기로 했잖아?"

"치잇!"

까칠하다. 그녀는 성깔깨나 있었다.

"오디션장 가야지. 거기서 보란 듯이 실력을 보여줘야지."

"됐거든요. 내 병은 요리 따위로 나아질 게 아니라고요. 메이요의 심리학 박사님들도 못 고친 거라고요."

"때로는 평범한 곳에 길이 있을 수도 있어."

"이건 뭐예요?"

"마셔. 일단 헛구역질부터 잡아야 하니까."

"그러니까 뭐냐고요? 주변 사람들 꼴을 보니 마약도 할 거 같은데 뭔지도 모르고 마실 수는 없잖아요?"

"양유, 거기에 티나가 선호하는 맛을 위해 약간의 스파이스를 섞었어."

"양유 따위가 당신 비법이에요?"

"비법의 일부이긴 해."

"싫어요. 그런 거 먹어본 적 없어요."

티나가 불뚝 고집을 부리며 돌아앉았다.

"너, 메이요 의사들 만날 때도 이랬냐?"

"뭐가요?"

"거기서도 의사들에게 멋대로 까칠하게 굴었냐고?"

"……."

"나를 그쪽 권위자들처럼 우대할 건 없어. 하지만 내가 네 하인이거나 심부름꾼은 아니라는 거 알아줬으면 좋겠다."

"치잇!"

"잘 들어. 너는 지금 지푸라기를 잡으러 왔어. 공주 대접을 받으러 온 게 아니라고. 그럼 일단 잡아 봐. 어차피 다른 방법이 없어서 내게 온 거잖아."

"뭐라고요?"

티나가 발끈할 때 세준이 핸드폰 영상을 내밀었다. 헤븐 LA에서 찍은 영상이었다. 화면 속에는 러셀 킹이 있었다. 수많은 스타들도 보였다.

"뭐하자는 거예요?"

티나가 도끼눈을 뜨며 세준에게 물었다.

"우리 쉐프가 노숙자들을 위해 여기 머물고 있지만 함부로 보면 곤란해. 나하고 손리도 그렇지만 여기 있는 사람들이 무지막지하게 존경하는 사람이거든."

화면 안에는 이사벨과 안젤라가 나란히 서 있었다. 음성은 이사벨의 것이었다.

—손 쉐프님의 요리는 결코 허투루지 않습니다. 저분은 한 사람 한 사람에게 애정을 가지고 그 사람에 맞는 요리를 해주시며, 설령 그를 무시하고 거절하는 사람조차도 포기하지 않는 따뜻한 마음을 가진 쉐프입니다.

이사벨의 목소리와 그 옆에 또렷한 존재감의 안젤라.

뮤지컬 스타 안젤라…….

그걸 본 티나의 눈빛이 가라앉고 있었다. 뮤지컬을 지망하는 티나였으니 안젤라를 모를 리 없었다.

"쳇!"

티나가 우유 잔을 가로챘다. 그런 다음 입으로 가져갔다. 몇 번인가 깔짝깔짝 맛을 본 그녀, 결국 양유를 비워내고 말았다.

"별맛도 아니네."

그녀가 던져 버린 잔은 세준이 받아냈다.

휴우!

첫 과제가 대충 넘어갔다.

다음으로 토마토 소스를 만들었다. 토마토는 통조림 토마토. 기왕이면 생토마토가 좋지만 이탈리아가 아닌 한 최상의 소스를 만들 수 없다. 그렇기에 미슐랭 쓰리 스타도 토마토 통조림을 사용하는 게 관례로 되어 있다. 나머지 재료는 월계수와 타임, 양파, 마늘과 식초······.

양파를 썰고 마늘을 다졌다.

소곤소곤!

양파를 쓸 때마다 전해오는 느낌. 가볍게 잘리는 느낌은 늘 속삭임처럼 들렸다. 소스 팬을 불 위에 올리고 가스 ON!

올리브유는 콸콸 부었다. 넉넉한 게 좋다. 기름에 온도가 올라오면 양파와 마늘을 투하. 양파는 투명해질 때까지 볶는다. 갈색이 나면 고기 풍미가 나므로 피한다. 이어 통조림에서 나온 토마토를 넣고······.

퍽퍽퍽!

주걱 펀치를 가해 으깨준다.

남은 일은 월계수 잎과 타임을 넣고 졸여주는 것. 시간은 15분 정도면 충분하다. 맛을 본 장태는 레몬식초를 충분히 가미했다. 신맛을 좋아하는 티나를 위한 조치였다.

다시 양고기가 준비되었다.

신선한 양고기 300g을 도마에 올렸다. 타오가 닿자 양고기는 반짝 생기를 더했다. 껍질을 벗기고 기름을 알뜰히 걷어냈다. 그런 다음에 포를 떠서 회를 만들었다.

거기에 마늘과 장초, 올리브유를 넣어 버무렸다. 신선한 양고기는 육회처럼 변신했다.

이 방법은 비위를 달래는 방법이다. 여기에 보태 감을 준비했다. 감을 쪄서 부드럽게 먹으면 비위가 튼튼해진다. 비위가 튼튼해지면 강철도 소화할 수 있다. 게다가 티나는 이제 한창 나이가 아닌가?

'흐음……'

한 점을 맛본 장태, 감은 눈을 제대로 뜨지 못했다. 그 손은 숀리의 입으로도 건너갔다.

"맛있다……."

숀리는 아예 모듬 신음 폭발이다.

"가서 아가씨를 모셔와 줄래?"

장태가 접시에 플레이팅을 하며 숀리의 등을 밀었다.

"먹어!"

티나가 의자에 앉자 장태가 접시를 내밀었다. 구운 레몬조각과 민트가 예쁘게 깔린 세팅이었다.

"이거 생고기 아니에요?"

티나가 또 딴죽을 걸고 나왔다.

"생고기가 아니고 요리야."

"쳇!"

"일단 먹어봐."

"아, 진짜……."

티나가 투덜거리자, 그 뒤에 있던 손리가 몰래 주먹알밤을 겨누었다.

장태는 턱짓으로 손리를 말렸다. 테이블에 앉은 이상 티나는 장태의 손님이었다. 손님에게는 예의를 지켜야 한다. 그 손님이 누구라고 해도 마찬가지였다.

"에휴!"

포크로 한 점 찍어 눈앞에 든 티나. 한심스럽다는 듯이 한숨을 내쉬었다. 그러고는 정말, 세상에서 가장 성의 없는 표정으로 우물, 양고기를 씹었다. 그러다 눈동자가 멈추는 티나.

"맛있죠?"

손리가 물었다.

"누가 맛있대?"

바로 까칠 응수하는 티나.

"쳇, 척 봐도 까무러칠 맛이구만."

"됐으니까 저리 좀 찌그러져 줄래?"

티나의 반응을 본 장태가 눈짓으로 손리를 물렸다. 테이블에서는 손님이 왕이다. 왕은 자기 취향대로 식사를 즐길 권리가 있었다. 손리가 나가자 티나는 건성건성 양고기를 몇 점 더 집어먹었다.

"됐어요?"

"디저트야!"

다음으로 내민 건 찐 감이었다. 그걸 으깬 위에다 치즈를 뿌려 풍미를 올려놓은 감…….

"이건 괜찮네."

다행히 티나, 찐 감은 죄다 비워주었다.

"진짜 개싸가지인데요?"

티나가 나가자 세준이 한마디했다.

"좋은 쉐프가 되려면 말이지 개차반 손님에게도 웃어줄 각오가 되어 있어야 해."

"형……."

"쉐프의 임무는 고객을 만족시키는 거거든."

"으악, 이제 보니 쉐프가 되려면 부처님 가운데 토막이 되어야 하는 거였군요."

"빙고!"

장태가 돌아서며 손가락 권총을 겨누었다. 타앙, 총알도 발사되었다. 세준은 휘청, 장태에게 장단을 맞추며 쓰러지는 시늉을 했다. 그걸 보며 장태는 혼자 중얼거렸다.

명심해, 세준!

좋은 쉐프가 되려면 내가 아니라 손님의 기분이 우선이라는 걸.

7장

둘도 없는 리허설

　석양이 장밋빛으로 물드는 오후, 장태는 감자를 고르기 시작
했다.

　"도와드려요?"

　구석에서 컴퓨터를 만지고 있던 세준이 물었다. 그의 손가락
에는 밴드가 두 개나 감겨져 있었다.

　"베었냐? 데었냐?"

　장태가 물었다.

　"둘 다요."

　세준이 웃었다.

　베고 데는 것. 요리는 배우는 사람이 겪어가는 훈장이었다.

　저 유명한 '알랭 뒤카스' 쉐프도 예외일 수 없었다. 그렇기에
한 요리학교에서는 푸른 밴드가 필수품으로 꼽힐 정도였다. 그

건 스승도 가지고 있었다. 지금은 잘 모르겠지만…….

"감자 지겹지?"

"뭐 조금요……."

장태의 질문에 세준은 머쓱해한다. 인정한다는 뜻이었다.

"유명 레스토랑에 가면 감자나 양파, 혹은 숯불 담당만 3년씩 하는 사람들이 있어. 어떤 사람은 요리 유학을 왔다가 그 짓만 하고 돌아가기도 하고."

"예? 설마……."

"설마가 아니고 진실이야. 나도 많이 봤거든."

"그럼 대체 언제 쉐프가 되는 건데요?"

"그러니까 부단한 노력으로 Ready 상태가 되어 있어야지. 기회가 오기는 분명히 오거든. 어쩌면 야구하고도 비슷해. 마이너 리그의 선수들도 몸 관리 잘하고 있다 보면 반드시 메이저로 올 기회가 생기잖아?"

"형도 그랬어요?"

"당연하지. 그래서 나는 좀 머리를 썼어."

"어떻게요?"

"스피드와 걸레질!"

"스피드와 걸레질이요?"

"남들보다 빨리, 그리고 잘 일을 마쳤지. 그래야 다른 쉐프들의 요리를 볼 기회도, 다른 공부를 할 기회도 생기거든."

"걸레질은요?"

"음……. 너라면 그런 거 안 해도 될 거 같으니 패스."

"으아!"

"아무튼 프로야구 선수들이 의외의 부상을 당하듯 주방에도 가끔 사고가 나. 부고가 나거나 혹은 진짜로 다치는 사고거나. 혹은 느닷없이 몰려든 예약 때문에 일손이 바빠질 때… 그때 찬스가 오는 거지."

"대단하네요."

"감자 말이야? 솔직히 그게 그거 같지?"

장태는 감자 하나를 들고 허공에 던졌다가 잡아챘다.

"크고 작은 것밖에는……."

"감자는 세 가지로 나눠. 전분과 수분 함량이 그 기준이고."

"……."

"골라 봐. 이 감자들 중에서 어떤 게 튀김에 알맞을까?"

"그런 게 따로 있어요?"

"당연하지. 사람도 인종이 있듯 감자도 종류가 있어."

"이거요?"

세준은 모양이 단단해 보이는 감자 하나를 집어 들었다.

"빙고, 그런데… 그냥 대충 찍은 거지?"

"예……."

"이건 페루비안 블루종이야. 전분이 적당한 감자라서 튀김에 알맞지. 한번 잘라볼까?"

장태는 감자 몇 개를 반 토막으로 갈랐다. 감자 조직에 맺히는 수분이 각각 달랐다.

"전분이 많은 감자를 튀길 때는 물에 20—30분 담가두었다가 사용하면 바삭한 튀김을 얻을 수 있지. 이게 왜 중요하냐 하면 서양 요리에서는 감자와 토마토를 엄청 많이 쓰게 되거든. 프라이드 포테이토 같은 건 세계적인 요리이기도 하고."

"정말 그런 거 같아요. 여기도 감자, 저기도 감자……."

"지금 만들 요리는 피시앤칩스. 여기도 감자가 중요한 역할이야."

"설마 저 줄 간식?"

"잘하고 있으니 하나 줄게. 아주 유용한 요리니까 옆에서 레시피 배워."

"예, 쉐프!"

세준은 숀리처럼 활기차게 대답했다.

"그전에 나가서 루퉁하고 림뽀, 라벨라 아줌마 좀 찾아서 30분 후에 여기로 오시라고 하고."

"세 사람만요?"

"아, 아론도."

"알았어요."

"오는 길에 맥주도 몇 병 사와."

"알겠습니다."

세준은 그 길로 주방을 나갔다.

그사이에 장태는 대구 몇 조각과 감자를 골라놓았다. 수많은 감자를 뒤져 찾아낸 건 마리스 파이퍼종. 온갖 호텔에서 온 감자가 섞이다 보니 가능한 일이었다.

득템이다!

좋은 재료는 쉐프를 즐겁게 한다. 이 감자야말로 피시앤칩스에 가장 알맞은 감자였다.

"임무 완수하고 왔습니다."

세준이 돌아왔다. 장태는 감자를 길쭉하게 썰고 있었다. 타오는 말없이 주인의 미션을 수행해냈다.

"길쭉하게 썬 후에 찬물에 헹궈야 해!"

장태의 말과 함께 세준의 핸드폰이 바빠지기 시작했다. 세준은 핸드폰으로 적거나 찍는다. 그에 비해 숀리는 메모장에 적는다.

"노릇노릇한 색이 돌기 전에 꺼내야 감자 속살이 포근하게 유지되는 거야."

감자를 꺼낸 장태, 밀가루 반죽을 만들었다. 첨가한 건 베이킹파우더와 약간의 구운 소금, 마지막으로 바삭함을 위해 차가운 맥주를 적량 부었다.

"오, 맥주도 들어가는군요?"

기록하던 세준이 물었다.

"그냥 맥주가 아니고 차가운 맥주. 그래야 글루텐 형성이 방해되어 바삭한 튀김옷이 나와."

장태의 손이 반죽에 대구살을 담갔다. 그리고…….

치이익!

생선을 받아들인 기름이 맛있는 몸살을 앓기 시작했다.

"피시앤칩스에 많이 쓰이는 건 대구. 하지만 흰살 생선이면 무엇을 써도 상관없어."

설명을 하면서도 장태의 손은 바삐 움직였다. 그 손의 정성은 지난번 친룽과 장창뻥을 맞이할 때와 다르지 않았다.

쉐프란 늘 최선을 다하는 것. 장태는 그 원칙을 어기지 않았다.

"이 요리에 가장 잘 어울리는 소스는 뭘까?"

장태가 잠시 세준을 바라보았다.

"소금?"

"빙고, 제법인데?"

"하핫, 그냥 찍은 거예요. 프라이드 포테이토 먹을 때 보면 보통 소금 아니면 케찹 찍잖아요?"

"본고장 영국에서도 소금이 최고야. 다만 맥아 식초도 쓰고 그레이비 소스나 케첩을 곁들이기도 하지. 요즘은 머시 피스라고 완두콩 페이스트를 붙여 단맛을 보완해 주기도 하고."

"으악, 머리 지진 나겠어요. 그냥 대구 튀기고 감자 튀기면 끝인 줄 알았더니!"

"사실 요리는 직접 해봐야 느는 거야. 설명만으로는 뜬구름 잡기 같지."

장태는 구긴 신문지 위에 플레이팅을 끝냈다. 레몬 한 조각과 완두콩 페이스트, 케첩 등의 소스만 붙여놓았지만 워낙 노릇한 식감에 군침이 절로 넘어갔다.

"할 수 있겠어?"

세팅을 마친 장태가 물었다.

"해봐야죠. 손리 기 좀 죽이려면."

세준이 팔을 걷어붙였다. 그가 감자를 써는 동안 네 명의 귀빈이 도착했다. 루퉁과 림뽀, 그리고 라벨라와 아론이었다.

"우와, 이거 우리 몫이야?"

피시앤칩스, 거기에 더한 맥주를 보자 루퉁의 입은 쩍 벌어져 다물어지지 않았다. 물론 아론의 것은 음료였다.

"식기 전에 드세요."

"나도 먹어도 되는 거예요?"

아론은 아예 입이 찢어지기 직전이었다.

"웬일이래? 우린 오늘의 스페셜 해당자도 아닌데?"

림뽀가 먼저 허겁지겁 생선부터 갈라 버렸다. 노릇 바삭한 튀김옷 안에서 하얀 생선살이 따끈한 열기를 피워 올렸다. 그건 참을 수 없는 유혹이었다.

"스페셜이고 뭐고 일단 먹고 보자고요."

라벨라는 신문지로 감싸 집어 들고 물어뜯었다.

"후우!"

그녀의 입김은 안개처럼 밀려 나왔다. 입에 넣는 순간, 혀를 자지러지게 만드는 기름의 맛. 그걸 어찌 참는단 말인가?

"부탁이 있군?"

맥주를 넘긴 루퉁이 장태를 바라보았다. 다 알고 있다는 표정이었다.

"하핫, 제가 속내를 들켰군요."

"뭐야? 편하게 먹게 빨리 말해."

"뭐 별것은 아니고요……."

장태는 나지막이 설명을 이었다.

"엥?"

듣고 있던 림뽀가 파뜩 반응을 해왔다. 그러더니…….

"별것도 아닌 일을 가지고 이런 천하진미를?"

표정과는 다른 반전을 쏟아놓았다.

"그러게요."

아론도 안도의 표정.

"부탁합니다!"

"그런 거라면 제발 날마다 부탁하고 날마다 피시앤칩스 해주면 좋겠네."

루퉁은 남은 맥주를 원샷해 버렸다.

"오늘내일이라고 그랬지?"

간식을 해치운 네 사람, 돌아가는 길에 다시 물었다.

"네!"

"염려 마. 수틀리게 나오는 인간 있으면 내가 콱 깔아뭉개 버릴 테니까."

라벨라가 대표로 산더미만 한 히프를 흔들며 위용을 과시했다. 저 히프… 저래 뵈도 전가의 보도 못지않다. 시들한 남자들은 저 히프에 깔리면 바로 구급차를 불러야 할 정도였다.

"형……."

다시 주방으로 돌아왔을 때 세준은 완전 썩은 얼굴을 하고 있었다.

"풋!"

장태는 차마 웃음을 참지 못했다. 세준이 만든 피시앤칩스는 아주 볼만했다. 축 늘어진 감자에 초콜릿색으로 타버린 생선 튀김…….

"아, 진짜… 기름 이것들이 사람 차별하는 거 아니에요?"

"온도 올렸지?"

"예? 예. 빨리 해서 먹으려고…….."

"기름 갈아."

장태의 목소리에 힘이 빡 들어갔다.

"형……."

"한 번 탄 기름에는 그 냄새가 배어 있어. 하느님이 와도 그 냄새는 어쩌지 못해!"

"……."

"네가 튀긴 거니까 먹어 치우고!"

단호했다. 평소에는 다감하지만 멋대로 구는 행동에는 가차가 없는 장태. 그 원칙은 오늘도 변함이 없었다.

결국, 세준은 자기가 만든 피시앤칩스를 꾸역꾸역 먹어 치워야 했다. 하나도 남김없이.

'그것도 공부야!'

장태는 수프를 만들기 시작했다. 티나를 위한 메뉴였다. 특별식 사이에는 담담한 음식으로 메뉴를 맞췄다.

보글보글!

수프가 끓기 시작할 때 장태의 시선이 공원에 닿았다. 이번에는 공원의 역할이 중요했다. 안과 밖. 장태는 두 가지 요리로 티나를 요리(?)할 생각이었다.

어둠이 내리자 장태는 티나를 점검했다. 다행히 수프는 싹 비워져 있었다.

"심심하지?"

장태가 슬쩍 그녀를 떠보았다.

"신경 끄세요."

그녀의 가시는 아직도 날이 제대로 서 있었다.

"주의 사항 있어."

"말하든가⋯⋯."

티나의 시선은 작은 포토 수첩에 꽂혀 있었다. 그녀가 보는 건 뮤지컬 배우. 사진 속에서 인기 배우가 날아다니고 있었다.

"여긴 노숙자 쉼터야. 밤이 되면 사고가 날 수도 있지."

"누구 겁줘요?"

"네 몸 비싼 몸이잖아? 보험도 들었지?"

"웬 신경?"

"술 취한 노숙자가 올지도 모르니 문은 밖으로 걸어둘게. 화장실은 안에 있으니 걱정 없고, 과일하고 물은 준비해 줄게."

"날 가두겠다는 거예요?"

"가두는 게 아니고 보호. 전화번호 알 테니 급한 일 있으면 전화해. 옆방에 사람 있으니까."

"아, 진짜⋯⋯."

그녀의 짜증이 폭발했지만 장태는 묵묵히 할 일을 했다.

창가의 테이블에 간식거리를 깔아준 게 그것이었다. 그리고⋯ 슬쩍 그녀의 비위를 떠보는 일까지 마쳤다. 생선 만진 손으로 그녀 앞을 얼쩡거렸던 것. 다행히 그녀, 반응하지 않았다. 양유와 양고기 처방이 먹히는 모양이었다.

토닥토닥!

별들이 몰려 나왔다.

토닥토닥!

공원에 모닥불이 피어올랐다.

밤이 깊어가자 집시 출신 노숙자들이 공연을 시작했다.

처음 몇 명으로 시작된 노래와 춤은 갈수록 사람을 끌어들였다. 그에 따라 흥겨움도 함께 깊어갔다.

때로는 영혼을 쥐어짜고, 또 때로는 격렬한 비트로 육신을 유혹하는 멜로디. 애잔하게 소울을 울리다가도 느닷없는 비트로 영혼을 깨우는 연주와 노래는 그칠 줄을 몰랐다.

물론, 장태도 거기 끼었다. 장태라고 요리만 하는 건 아니었다. 그들과 어울리고 그들과 노래하고 그들과 마음을 나누었다.

"헤이, 세준. 한번 놀아보라고."

흥이 달아오르자 루퉁이 세준을 모닥불 앞으로 밀어냈다.

"그럼 간만에 몸 좀 풀어볼까요?"

세준은 아론이 쓰고 있던 LA 다저스 야구 모자를 벗겨내더니 돌려 썼다. 그러고는 바로 브레이크 댄스에 돌입했다.

손리가 그 꼴을 그냥 보고 있을 리 없었다. 손바닥에 퉤 침을 뱉은 손리, 허리를 뒤로 꺾은 채 뒷걸음으로 다가서더니 폭풍 같은 윈드밀을 선보였다. 아론도 나왔다. 그 또래 친구들이 죄다 몰려나왔다. 세준은 그들 가운데서 댄스를 이끌었다. 춤 실력은 제법이었다.

마무리 동작인 프리즈는 두 손 합장 자세!

"와아아!"

노숙자들의 폭풍 박수가 쏟아졌다.

"백댄서였냐?"

장태가 웃으며 물었다.

"한때 꿈을 꾸긴 했어요. 중학교 때 친구들과 몰려다니며 지하철역에서 연습도 많이 했고……. 아직 녹 안 슬었죠?"

"그 길로 나가도 되겠어."

"에이, 이 바닥 애들 들으면 욕해요. 제 나이면 꼰대 측에 든다고요."

세준이 고개를 저었다.

"그런데 쉐프!"

그때 땀을 닦아낸 손리가 눈을 치켜뜨며 다가왔다.

"응?"

"저만 빼고 세준이 형한테 비법 전수했다면서요?"

응?

세상에는 비밀이 없다. 2주방에 CCTV가 있는 것도 아닌데 어떻게 알았을까?

"그게 아니고, 네가 없길래……."

"흥, 같은 코리안이라고 너무 편파적 아니에요? 주방에서는 내가 선배인데……."

손리, 제대로 삐진 모양이었다.

"알았다. 알았어. 너도 가르쳐 주면 되잖아."

"정말이죠?"

"그래. 땀 빼서 배고플 텐데 가서 생선하고 감자 좀 골라 놔라. 피시앤칩스 재료로."

"으아악!"

손리는 주먹을 불끈 쥐고 환호를 터뜨렸다.

"대신 그전에 말이야……."

장태는 손리에게 특별 임무를 하나 더 부여했다.

잠시 후에 손리가 티나의 숙소 쪽에서 뛰어왔다. 그때까지도 공원은 쿵짝쿵짝, 음악과 노래, 흥겨움이 멈추지 않고 있었다.

"쉐프!"

숀리, 허겁지겁, 그러나 까치발을 한 채 달려왔다.

"어때?"

"쉐프 말이 맞아요."

"······?"

"안에서 여기를 내다보며 덩실거리고 있어요. 어깨가 들썩들썩, 궁둥이도 들썩들썩······."

숀리가 전한 건 티나의 방 분위기였다.

떡밥은 그럭저럭 먹히고 있었다.

"오케이, 그럼 가서 요리 수업이나 할까?"

"예, 쉐프!"

대답하는 숀리의 목소리는 높고 또 높았다.

*   *   *

오늘의 레시피!

〈라보 데 토로〉

장태가 스승의 레시피에서 끌어낸 건 스페인식 소꼬리 스튜였다.

1) 소꼬리에서 발라낸 살은 한입 크기로 잘라 10시간 정도 레드 와인에 재워둔다.

2) 고기를 노릇하게 구워낸다.

3) 구운 고기에 레드 와인을 넣고 2시간 정도 고아낸다.

4) 양파 반 개 정도, 통후추, 마늘, 당근, 양송이버섯 등을 살짝 익힌 후에 고기와 함께 넣어 30분 정도 더 끓여낸다.

5) 튀긴 감자나 구운 토마토와 함께 차려낸다.

소꼬리는 세계적으로 요리가 많았다. 한국의 꼬리곰탕과 비슷한 인도네시아의 숩 분. 이들은 국물이 많은 요리에 속한다.

서양은 좀 다르다.

국물이 적은 수프나 스튜로 변한다. 방금 장태가 복기한 스페인의 라보 데 토로가 그렇고 이태리의 코다알라바치나라 역시 불에 졸인 스타일이다.

이밖에도 땅콩소스에 버무려 먹는 필리핀의 비프 카레카레, 남아공의 포이끼코스, 미국의 옥스테일 등이 그런 스타일에 속했다.

"굿모닝!"

오늘도 주방엔 세준이 일착이다. 생각보다 열심인 세준이었다.

"또 피시앤칩스?"

장태가 보니 테이블이 너저분했다. 그래도 생선 튀김 색은 제법 황금빛이 돌고 있었다.

"이게 쉽지가 않네요?"

세준은 머쓱한 듯 어깨를 으쓱해 보였다.

"하다보면 돼. 컴퓨터 보안보다는 쉬울 수도 있지."

장태는 서랍에서 봉지를 꺼냈다. 약재 냄새가 싸아하게 올라왔다.

"어, 약재예요?"

"아니, 스파이스!"

"흠흠, 약재 같은데?"

"스파이스는 종류가 엄청나. 물론 약으로 쓰이는 것도 많고!"

장태는 휘파람을 불며 양유를 데웠다.

단순이 온도를 올리는 거지만 최선을 다해 저었다. 낮은 불에 올린 양유가 타기라도 하냐고 묻는다면 장태는 그렇다고 대답한다. 그대로 두면 아래쪽 양유가 먼저 열을 받는다. 고루 섞이지 않은 채 한 쪽만 열 받으면 맛의 변화가 생길 수 있다.

일식의 생선회를 생각하면 이해가 빠르다. 회를 뜰 때 쉐프들은 얼음물에 손을 자주 담근다. 인체의 온도가 물고기보다 높기 때문이다.

맨손으로 만지면 고기가 화상을 입는다. 겉으로는 알 수 없지만 맛이 변한다. 그건 진리였다.

똑똑!

잠근 문을 풀고 양유를 넣어주었다. 티나는 낡은 소파에 깊숙이 앉아 있었다.

"좋은 아침!"

개뿔!

티나가 소리 없이 중얼거렸다. 구겨진 표정은 분명 그 단어였다.

빈 잔을 가지고 주방으로 돌아오자 식재료상 배달원이 도착해 있었다. 그가 내민 건 신선한 양고기였다. 어제와 똑같은 요리를 만들었다. 껍질 제거, 지방 제거, 구운 마늘에 장초를 버무려 자극을 줄이는 것.

하지만 오늘은 변신 모드로 임했다. 고기는 장미처럼 말아내고, 루를 섞어 걸쭉하게 끓여낸 양유를 식혀 소스로 올려 버린 것. 붉은 살 위에 내린 흰 눈처럼 요리의 비주얼은 완전히 다르게 변해 버렸다. 맨 위에는 바질을 몇 개 놓아 포인트를 주었다.

찐 감 역시 비슷한 변신 과정을 겪었다. 다만 색감은 좀 달랐다. 호박 즙으로 노란 물을 들여 걸쭉하게 끓인 양유를 접시에 붓고 감의 속을 파내 올려놓은 것. 흰 눈 위에 올라앉은 다홍의 새색시처럼 아름다운 연출. 그 역시 푸른 허브 한 장을 올려 포인트까지 주었다.

"쳇, 모양만 번지르르하지 어제 그 맛이잖아요?"

요리를 받아든 티나가 퉁명스럽게 쏘아붙였다.

"중요한 건 너 자신이잖아?"

"나 자신요?"

"어제보다는 많이 변했어."

장태가 웃었다. 그 뜻을 모르는 티나는 투덜거리며 감을 떠먹기 시작했다.

"쉐프……."

밖으로 나오자 비서관 존이 따라붙었다. 티나가 먹는 걸 확인한 그는 확인하고 싶은 게 있는 모양이었다.

"잘 잤나요?"

장태가 먼저 선수를 쳤다. 존은 공터 한쪽에 세운 차에서 쪽

잠을 잤었다.

"의원님께서 궁금해하십니다."

"미안하지만 아직 약속한 시간이 안 됐습니다만!"

"정말 가능한 겁니까?"

"그건 시간이 되어봐야 알겠지요. 지금 과정 중에 있으니까
요."

"내 생각입니다만 이래 가지고는……."

존이 장태의 길을 막아섰다. 지켜보는 입장으로서 불안한 모
양이었다. 장태는 존의 얼굴 앞에다 손을 슬쩍 내밀어주었다.

"……!"

"무슨 냄새인지 아시겠습니까?"

"글쎄요. 생선 비린내?"

"티나 지켜보셨죠?"

"그야……."

"제가 뭐라고 그랬죠?"

"어제보다는 많이 변했다고……."

"이게 그 증거입니다."

장태는 한 번 더 손을, 존 얼굴 앞에 대고 저어 주었다. 그제
야 그의 표정이 굳어버렸다.

비린내…….

역겨울 정도는 아니지만 분명 비린내였다. 저 손으로 티나에
게 요리를 건네주었다. 그런데 티나, 반응하지 않았다.

우엑!

전 같으면 호들갑을 떨며 입을 막았을 티나가.

"이제 길 좀 비켜주시겠습니까? 제가 일이 좀 많거든요."

장태가 빙긋 웃으며 말했다. 기세에 눌린 존은 비실비실 옆으로 비켜서야만 했다.

*　　　*　　　*

이른 오후, 장태가 부른 사람은 아론이었다. 녀석은 단숨에 달려와 주었다.

"알았어요."

부탁을 받은 아론이 고개를 끄덕거렸다. 장태의 부탁이 무엇인지는 오래지 않아 드러났다. 공원이 한바탕 시끄러워진 것이다. 비보이들이었다.

아론은 또래와 선배들을 끌고 와 한바탕 춤판을 벌였다.

그저 뒷골목이나 공원에서 연습하는 수준 정도였는데, 하도 서툴러서 때로는 자빠지는 경우도 많았다. 그렇다고 해도 열정까지 초보는 아니었다. 쓰러지고 또 쓰러져도 아이들은 춤을 추었다. 서로 격려하고 서로 경쟁하고 응원하면서.

"아, 씨발, 저리 비켜봐."

아론이 나섰다.

헤드뱅뱅으로 등장한 아론은 제법 탄력 있게 움직였다. 하지만 그 역시 어깨너머로 배운 춤. 처음에는 좀 나가는 것 같았지만 이내 땅바닥과 키스를 하고 말았다.

"야, 좀 똑바로 못하냐?"

구경하던 숀리가 소리친다.

"아직 멀었는데?"

루퉁도 즐거운 표정.

"비켜 봐!"

흥에 겨운 라벨라도 동참 선언. 그러다 결국 불상사 작렬. 육중한 그녀가 털기 춤에 이어 옷을 벗어 내린 것이다. 물론 대참사까지는 아니었다. 안에 얇은 옷이 참사를 막아준 것.

"으악, 제발……."

"차마 못 봐주겠어!"

노숙자들은 눈을 가리며 몸서리를 쳤다.

"뭐야? 10년 전만 해도 거품을 물던 것들이……."

라벨라가 소리쳤다. 그녀의 전직이 뉴욕 스트립퍼라는 소문이 있더니 사실인 모양이었다. 옷을 챙겨 든 라벨라는 공원이 떠나가라 소리쳤다.

"스트립퍼 무시하지 마. 뮤지컬만 고상 우아하니?"

그러면서도 여전히 즐거운 라벨라.

다들 서툴지만 마냥 즐겁다. 몰려든 사람들은 저마다의 어깨 춤으로 음악을 즐기고 있었다. 좀 못하면 어쩌랴? 음악이란 잘하는 사람들의 전유물이 아닌 것이다.

그런데 장태는 거기 없었다. 장태의 소재지는 2주방. 양고기를 다듬으며 간간히 티나의 근황을 살폈다.

그녀는… 반응하고 있었다.

음악이 나올 때마다, 혹은 아론과 아이들이 자빠질 때마다 어깨가 들썩이고 몸이 리듬을 탔다.

장태 입가에 미소가 스쳐 갔다. 저 음악들은 최근 유행하는 뮤지컬과 과거 빅히트를 쳤던 뮤지컬 주제곡들이다. 장태의 특별 주문이었다.

인간이란!

맛있는 음식 냄새를 맡으면 침을 흘린다.

익숙한 음악이 나오면 몸이 반응을 한다.

그건 지울 수 없는 진리에 속했다.

티나의 몸이 들썩거릴 때, 장태는 아론에게 신호를 보냈다.

끝내!

신호를 받은 아론은 아직 진행 중인 곡을 사정없이 꺼버렸다.

"아, 뭐야?"

"왜 그래?"

춤을 추던 또래들이 짜증을 냈다. 아론은 2주방 쪽을 바라보더니 한마디로 응수했다.

"그만하자."

달아오르던 분위기에 남극빙산이 끼얹어진 꼴. 그건 티나도 마찬가지였다. 고개를 빼들고 기웃거리는 폼이 아쉬움 만땅이었다.

'참아, 곧 네 무대가 열릴 테니까.'

장태도 슬슬 달아오르고 있었다. 그 마음을 아는 타오, 유려한 곡선을 그리며 양고기의 지방을 쏙쏙 도려냈다. 마치 공원에서 흘러나온 멜로디를 죄다 흡수라도 하려는 듯이.

턱!

고기 다듬는 일이 끝났다.

준비 완료.

장태는 준비한 재료들을 바라보았다. 그것들은 마치 전장에 나설 병사들 같았다. 무장이 완벽하고 사기까지 충천한 병사들. 이제는, 밀어붙일 시간이었다.

레몸밤을 곁들인 양유.

그 양유가 마지막으로 티나에게 배달되었다.

"지겨워."

그녀의 짜증 작렬을,

"마지막 잔이야."

장태는 웃으며 받아주었다.

그리고… 마침내 장태의 회심의 승부수 '양고기 등심 프리타타'에 돌입했다. 잘 재워 두었던 통 등심이 불판 위에 올라갔다.

이 역시 이른 오후에 도축한 고기. 그냥 썰어 먹어도 될 정도로 신선했으니 구워지는 냄새부터가 달랐다.

치익!

치이익!

달달한 버터를 고루 뿌려가며 센 불에서 표면만 노릇 바삭하게 구워냈다. 그 아래에 깔릴 계란까지 폭신하게 완성되니 풍미가 제대로 올라왔다.

"으아, 진짜 먹음직스럽네요."

옆에서 레시피를 적어대던 세준과 손리는 벌써부터 몸서리를 쳤다.

"이름이 뭐예요?"

"지금까지는 양 등심 프리타타 정도?"

"지금까지는?"

장태의 대답에 숀리가 고개를 갸웃거렸다. 소스를 더해 그냥 잘라 먹으면 될 것 같은데 지금까지는, 이라니?

두 남자의 궁금증은 아랑곳없이 장태의 손이 소스팬을 당겨 왔다. 그 안에 담긴 건 새콤달콤한 오렌지 소스였다. 벌꿀이 첨가된 응용 버전. 장태는 거기다 네 가지 허브를 더해 블랜딩을 했다.

레몬밤.

히숍.

재스민.

그리고 하이비스커스.

네 가지의 분량은 티나의 오방색을 정밀하게 겨누고 있었다. 원기 회복과 구역질 등에 탁월한 레몬밤. 이건 양유에서부터 첨가하여 그녀에게 익숙해진 허브. 다음으로 히숍은 정신적 불안을 없애는 효능. 네 가지 허브 중에서도 비중이 컸다.

재스민은 히숍을 보조해 기분을 업(Up)시키는 역할. 마지막으로 하이비스커스는 대사를 촉진하는 효능을 가지고 있었다.

이름하여 서양 사물 카레.

장태가 아버지의 한의학 책에서 본 사물탕을 응용한 요리였다. 본래 한방에서는 당귀와 천궁, 지황과 작약 등을 주원료로 삼는다. 그 또한 LA 한인 상가에서 구할 수는 있었다.

하지만 여기는 아메리카. 다른 스파이스로 한약 냄새를 좀 감춘다고 해도 티나가 먹어 줄지는 미지수였다.

그렇기에 서양식으로 완전히 변신시켜 버린 것.

온도를 올린 장태는 붉은 후추와 하리사 스파이스를 더해 매운 맛을 가미했다. 그 또한 그녀에게 부족한 맛의 오방색. 다섯 색이 균형을 맞추자면 피할 수 없는 일이었다.

톡!

한 방울 첨가.

훙!

미량 가루 첨가.

모든 일은 마치 실험실의 반응용액을 다루듯 신중하고 정밀했다. 단순히 맛을 내기 위한 스파이스가 아니기에 최소한의 오차도 허용되지 않는 것이다.

"흐음……."

마침내 완성된 소스를 맛본 장태, 눈을 감은 채 티나의 오방색과 매칭을 시켜보았다. 선봉에선 레몬 소스. 그 새콤함이 내쏘는 맛은 가히 인상적이었다.

그게 맡은 역할은 매복이었다.

장태가 원하는 맛을 숨겨주는 매복. 티나가 신맛에 취할 때 뒤에 숨은 짠맛과 매운맛이 은밀하게 공세를 벌이는 것이다.

흐음…….

신맛의 비율이 미세하게 낮았다. 신맛을 더하고 단맛도 함께 가미했다. 신맛 기운이 살아났다. 거기 홀리 바질을 더해 비교에 비교를 더한 끝에 장태는 원하던 소스를 완성했다. 진기를 가리고 또 가린 배합이었다.

안도의 숨과 함께 극심한 피로감이 몰려왔다. 한 사람의 운명을 도와줄 진기를 찾아내는 건 쉬운 일이 아니었다.

잠시 바람을 쐬고 들어온 장태, 조리대 밑에서 뭔가가 아른거리는 걸 발견했다.

'고양인가?'

다가서던 장태가 놀라 뒷걸음질 쳤다. 사람이었다.

"뭡니까?"

장태가 묻자 그가 일어섰다. 입에는 뭔가를 잔뜩 넣고 우물거리며…….

"미안……. 배가 고파서 말이야."

술 냄새가 확 끼쳐왔다. 치렁한 긴 머리에 고목 같은 피부. 일흔 살이 넘은 집시 노숙자였다. 그러나 한 번도 본 적이 없는…….

"Sorry!"

그는 히죽 누런 이빨을 드러내고 나가려했다. 방관하던 장태의 손이 그의 어깨를 잡아챘다. 있어야 할 것이 제 자리에 없는 것이다.

"당신……."

스파이스를 배합해 겨우 맞춰둔 진기. 접시에 받아둔 그 운명의 소스가 보이지 않았던 것.

"내가 빵에 찍어 먹었는데?"

"……?"

"뭐 잘못됐나? 맛도 더럽게 없던데?"

"이……."

격한 마음에 노숙자의 가슴팍을 밀치고 말았다. 그게 어떻게 만든 건데…….

"뭐야? 노숙자의 성자라더니 다 거짓뿌렁이었나?"

노숙자의 입가에 쓴 미소가 스쳐갔다.

"나가세요."

장태는 문을 가리켰다.

"보아하니 스파이스나 허브로 사람 홀리는 마약이라도 만들려는 모양인데, 아서, 그 솜씨로는 제대로 된 거 못 만들어."

"뭐라고요?"

"홀리 바질 다루는 솜씨가 아직 초보더군. 왕의 기사들이 약해. 신탁을 하려면 신의 기사들을 휘하에 두어야지."

"이분이!"

"안 그런가? 제국을 다스리려면 기사가 쓸 만해야지. 왕 혼자 나대는 건 독재에 불과하다네."

노숙자는 알 수 없는 말을 남기고는 휘적휘적 나가버렸다.

"형!"

소란을 듣고 다가온 세준이 노숙자의 뒤통수를 바라보았다.

"그냥 둬."

"그제 온 사람이에요."

"그제?"

"말로는 인도를 유랑하고 왔다던데 주방에서 사고쳤어요?"

"아니, 별거 아니야."

더 거론하고 싶지 않았다. 그가 먹어치운 진기의 배합. 그래봤자 그의 입장에서는 허브와 스파이스 배합에 불과했다. 그걸 큰 문제로 삼는다면 장태가 웃음거리가 될 일이었다.

'다시 만드는 수밖에.'

몇 가지 스파이스와 허브를 당겨놓았다. 그러다 홀리 바질을 보았을 때…….

'아직 초보야. 왕이 신탁을 하려면 신의 기사들을 거느려야 지.'

노인의 말이 스쳐갔다.

왕…….

장태는 홀리 바질을 들여다보았다.

완전히 헛소리는 아니었다. 그는 홀리 바질을 아는 것이다.

홀리 바질은 왕이다. 그 이름은 Basilisca나 Basilikon에서 유래된 것으로 보는데 여기에 왕이라는 의미가 있었다. 게다가 홀리 바질을 다룰 때면 언제나 애를 먹는 것도 사실이었다. 자칫 잘못 쓰면 맛을 작살낼 우려가 있었던 것.

장태는 허브통을 당겨 다른 바질을 살펴보았다. 바질은 종류가 많았다. 심장 모양의 이탈리아 바질이 시선을 끌지만 별다른 느낌은 오지 않았다.

'머리가 아프군.'

허망함 때문이었다. 겨우 완성한 진기, 그걸 처음부터 다시 시작해야 하다니. 기껏 쓴 논문을 다 날리고 다시 써야 하는 것보다 맥 빠지는 일이었다.

다시 밖으로 나왔다. 걷다 보니 폐쇄된 우물 앞에 닿았다.

사막의 우물.

기적의 우물.

LA의 젖줄.

이름이야 어쨌든 장태에게는 또 하나의 자궁 같은 곳이었다.

장태를 품고 새로운 능력을 탄생시켜준 곳.

신탁을 하려면 신의 기사들을 거느려야지.

생각지 않으려 해도 그 말이 떠올랐다. 허술하지만 기묘한 느낌이 배인 노인의 목소리는 우물 속에서 바라보던 별처럼 짤랑거렸다.

홀리 바질은 성스러운 허브.

인정!

그런데 식재료 중에서 홀리 바질만이 성스러운 건 아니었다.

서양고추나물로 불리는 성요한의 풀.

머그워트.

올리브.

망고.

히솝.

심지어는 쑥까지…….

히솝은 그 이름 자체가 성스러운 허브라는 뜻. 올리브 나무는 또 어떤가? 서양인 기준으로는 노아의 방주에서 비둘기가 물어 온 게 바로 올리브 잎이었다.

'혹시?'

뭔가 영감을 받은 장태가 주방으로 뛰었다. 닥치는 대로 허브와 스파이스를 뒤졌다. 머그워트와 히솝, 올리브, 망고, 말린 쑥까지는 있었다.

"뭐해요?"

"쉬잇!"

세준이 물었지만 상대하지 않았다.

쉐프는 배워야 한다. 요리를 발전시킬 수 있다면 악마에게서도 맛을 배워야 했다. 그런 마음으로 성스러운 재료들을 섞었다. 비율은 각 재료의 크기에 맞춰 동률로 배합. 그 위에 다진 홀리 바질을 올렸다.

손은 더 빨리 움직였다. 아까처럼 레몬밤, 재스민, 하이비스커스 등을 넣고 티나의 오방색 활성화에 맞췄다. 새 소스 위에 방금 블랜딩한 배합물을 떨어뜨렸다.

'아!'

놀란 장태는 손에 든 접시를 떨구고 말았다.

쨍강!

접시가 깨졌지만 장태는 웃었다. 새로운 맛이 거기 있었다. 뭔가 조금은 균형이 맞지 않지만 후각과 미각을 빡 후려갈기는 그 맛……

"톰, 톰!"

장태는 톰의 주방으로 미친 듯이 달렸다.

보리수 열매와 성요한의 풀이 더해졌다. 톰의 주방에 처박힌 걸 골라온 것. 하나하나 맛을 본 장태. 맛의 계열에 따라 차례를 정해 다시 배합을 했다.

'으음……'

아까보다 한결 순결한 맛이 느껴졌다. 그리고… 떨리는 손으로 티나를 위한 진기에 그 배합을 떨구었다.

"……!"

장태는 숨조차 쉬지 못했다. 맛이 멈춘 것이다. 티나를 위해 심혈을 기울인 그 맛이 완전하게 멈춰 버렸다. 그러니까 이 신성

한 맛이 지상의 모든 냄새와 맛을 지워 버린 것이다. 그 위에 레몬밤을 추가했다. 소스에서는 레몬밤 냄새만 났다.

맙소사!

뼈가 무너질 것 같았다. 맛을 지우는 맛. 이런 건 듣도 보도 못한 '맛'이었다.

장태는 무미가 된 소스에 하바네로, 하리사, 칠라카, 미라솔, 포블라노 칠리 등의 매운 맛을 몽땅 쓸어넣었다. 그런 다음 세준과 손리를 불렀다.

"어때?"

맛을 보게 한 후에 장태가 물었다.

"별맛 없는 데요?"

"다시 맛 봐."

한 번 더 확인하려는 장태.

"별맛 없어요."

둘은 똑 같이 합창을 했다.

"왕이 마침내 신의 기사들을 만났다!"

장태는 자신도 모르게 중얼거렸다.

"예?"

이유를 모르는 까닭에 어리둥절해 하는 손리와 세준.

"뭐 그런 게 있어."

장태는 두 주먹을 불끈 쥐며 쾌재를 불렀다.

더욱 강력한 배합, 그러나 더 순해진 맛의 진기를 준비한 장태. 다시 양고기 통등심을 불판 위로 올렸다.

자글자글 고기 익는 냄새는 아까보다 더 맛깔스러웠다. 장태의 기분 때문이었다. 고민은 영광으로 변했다. 엉뚱한 사건에서 새로운 아이템을 득템한 장태. 벌겋게 타오르는 불길처럼 그 마음에도 자심감이 요원하게 치솟고 있었다.

마침내 고기를, 계란과 합체시키는 과정에 돌입했다. 싱싱한 마조람을 깔고 그 안쪽에 얇게 저민 구운 레몬으로 색감을 살린 후, 활기차고 정열적인 느낌의 양고기 프리타타가 자리를 잡았다.

맨 위로 아세롤라의 환상적인 상큼미를 더한 특제 레몬 소스가 흥건하게 부어졌다. 모락모락 김을 뿜어내는 두툼한 양고기와 계란의 위용. 포크로 잘라 한입 머금으면 숨도 쉬지 못할 느낌이었다.

누구도 모를 일이었다.

이 군침 도는 요리 안에 숨겨진 장태의 비밀. 성스러운 식재료로 이뤄낸 장태의 진기가 함께 어우러졌다는 것.

시계를 보았다.

그녀의 위가 딱 반응하기 좋은 시간.

노릇하게 빛나는 등심 위에 올라앉은 크림은 바로 이탈리아산 마스카르포네 치즈. 크림풍의 달고 신맛이라 장태 목적에 맞춤한 치즈였다.

그 위에 초록 바질을 포인트로 올려 플레이팅을 끝냈다. 맞춤하게 흥건히 흘러내린 소스 위에 빼꼼 노란 얼굴을 내민 계란 부분과 그 위로 나른하게 유혹하는 양고기 등심. 또 그 위에 요정처럼 화사하게 올라앉은 치즈 두 조각……

단순하지만 신묘한 대비를 이루는 그림이 나왔다.

"어때?"

〈양고기 등심 프리타타!〉

요리를 완성한 장태가 두 남자를 돌아보았다.

"완전 끝내줘요."

숀리와 세준은 똑 같은 표정으로 엄지를 세워주었다.

그리고…….

"꼴깍!"

침도 똑같이 삼켰다.

*　　　　*　　　　*

양유를 마시고 40분 후, 티나가 마침내 장태의 테이블에 앉았다. 마침 숀리가 오븐을 열었다. 갓 구워낸 빵 냄새가 난폭하게 티나의 후각을 건드리고 지나갔다.

그녀가 반응하는 게 보였다.

도우미는 숀리만이 아니었다. 세준은 스위트바질을 다른 스테이크에 뿌려 굽고 있는 중. 빵 냄새에 섞여오는 은은한 스위트바질의 냄새는 그녀의 식욕에 우아한 키스를 보냈다.

"오디션 장에서 너를 당당하게 만들 요리야!"

장태는 접시의 모서리를 그녀의 시선에서 3.2도 정도 돌려놓았다.

식욕이 가장 왕성하게 반응하는 세팅의 비결. 장태를 돕기라도 하려는 듯 접시는 모락모락 김에 휩싸여 아른거리고 있었다.

"......!"

그녀는 짜증 내지 않았다. 시선은 접시에 꽂혀 있다. 냄새 때문이었다.

양고기 구운 냄새와 더불어 후각을 치고 드는 레몬소스의 상큼함. 모든 것을 누르고 오직 한 가지만 살짝 살려놓은 장태. 그리하여 티나의 미각에 유혹을 던지는 요리······.

"......!"

또 한 사람의 시선도 잔뜩 긴장되어 있었다. 저만치에서 애를 태우는 비서관, 존이었다.

꿀꺽!

그녀는 자신도 모르게 침을 넘겼다. 표정은 달갑지 않은 얼굴. 하지만 그녀의 오방색이 꿈틀거리는 걸 장태는 보았다.

―네 몸이 시키는 대로 해.

―자존심 같은 건 내다버리라고.

오방색은 안개처럼 몸을 휘면서 티나에게 속삭였다. 한참을 쏘아보던 그녀, 꿀꺽 침을 더 넘기더니 포크와 나이프를 집어 들었다.

우물······.

첫 고기 한 점이 그녀의 입으로 들어갔다. 그러나 잠시 동작이 멈춰 섰다.

꼴깍!

그 한 점이 티나의 목으로 넘어가는 게 보였다. 그녀는 한참 동안 움직이지 않았다. 그러다 목을 만진다. 배도 만졌다. 손의 냄새까지도 확인한다.

이상한 것이다. 먹으면 느껴지던 메스꺼움. 금세라도 토할 듯 울렁거리던 위장. 그런데… 지금은 얌전하기만 했다. 그녀, 문득 존을 돌아보았다.

"왜?"

존이 걱정스레 물었다.

그녀의 대답… 그건 정말 대박이었다. 장태와 숀리, 그리고 세준, 나아가 식당 문 앞에서 지켜보던 톰에게까지도.

"맛있는데요?"

맛있는데요!

그 한마디는 많은 사람의 긴장을 완전하게 부숴 놓았다. 불안과 긴장이 싹 걷혀 버리는 순간이었다.

그때부터 먹었다. 티나, 어느 여학생처럼 신나게 먹었다.

짭짭!

좋은 가문에서 자랐다는 것조차 잊은 채 허겁지겁.

거기서!

장태가 신호를 보냈다. 지시를 받은 세준이 음악을 틀었다.

Smoke Gets in Your Eyes!

뮤지컬에 알맞은 노래 중의 하나. 음악이 나오자 티나가 고개를 들었다. 힐금 장태를 바라본 그녀, 이제는 어깨까지 들썩이며 접시를 비워냈다. 바닥에 깔아둔 허브까지 싹이었다.

식사가 끝나자 장태, 다시 숙소를 가리켰다.

요리가 마음에 들었는지, 티나는 까칠한 얼굴의 각이 무뎌진 채 방으로 돌아갔다. 뒤따라간 숀리는 이번에도 밖에서 문을 채워 버렸다.

"쉐프!"

존이 다가왔다.

"왜요?"

"티나가……."

존의 시선은 접시에 있었다. 푸짐하게 차려낸 양고기 등심 프리타타. 그걸 말끔하게 비워낸 것이다.

"이제 시작입니다."

"시작?"

"목적은 오디션이잖아요?"

"내 말이 그 말입니다. 그러려면 이제 연습을 해야……."

"연습은 그동안 많이 했겠지요."

"그래도 내일까지 쉬어버리면 설령 오디션 장에서 무너지지 않는다고 해도……."

"내일까지 쉰다는 말은 안 했습니다."

"예?"

"리허설은 해야죠."

"……?"

"할지 말지는 티나 자신이 결정하겠지만……."

장태의 시선이 공원으로 날아갔다. 그러자 기다리기라도 한 듯 음악이 울려 퍼지기 시작했다. 노숙자들. 그들이 또 판을 벌리는 것이다.

장태는 시계를 보았다. 티나가 식사를 한 지 1시간 경과. 소화가 되기 시작할 무렵이었다.

될까?

장태의 시선은 티나의 숙소 쪽에 있었다. 이제 한두 번도 아니지만 매번 찾아드는 불안과 설렘의 연속.

'오늘은 과연……'

티나는 과연… 내 요리의 힘을 고스란히 받아들일까?

장태의 마음과는 상관없이 공원의 음악은 달아오르기 시작했다.

둥다당둥당!

오늘은 어제보다 사람이 많았다. 근처에서 놀던 거리 댄서들과 비보이 연습생들까지 죄다 몰려들었다. 그들은 노래하고 춤을 추며 흥을 돋웠다. 당연히 음악은 자꾸만 높아갔다.

2시간……

그 무렵에 가까울 때 티나에게 향했다. 노크도 없이 문을 여는 장태.

"……?"

창 앞에서 흥에 겹던 티나. 놀란 눈으로 장태를 바라보았다.

"필요한 거 없어?"

장태의 물음에 그녀는 어깨만을 으쓱해 보였다.

"구경하고 싶으면 가서 해도 돼."

장태가 문을 가리켰다. 그녀는 다시 어깨를 으쓱하는 것으로 반응을 대신했다. 문을 닫았다. 잠그지는 않았다. 주방 테라스로 돌아온 장태는 의자를 차지하고 앉았다.

"쉐프, 티나가 나가요."

손리가 소리쳤다.

"그냥 둬."

"예?"

"목이 말라서 가는 걸 거야."

"목이 마르면 여기로 와야죠."

"그 목 말고……."

그제야 장태도 일어섰다.

그녀!

스스로 이끌렸다. 마침 활기와 열정으로 구워낸 양고기 프리타타의 에너지도 그녀의 몸에서 발산될 시간. 그러니까 바로 지금이었다.

그녀가 그녀의 한계를 뛰어넘을 시간…….

춤판 안으로 아론과 무리들이 뛰어들었다. 배틀이다.

아론과 친구들은 공원 밖에서 몰려온 집단과 춤으로 맞섰다. 서툴다. 그러나 뜨겁다.

하지만, 뜨거움만으로 모든 걸 극복하기는 어렵다. 아론 무리는 거리의 댄서들에게 밀려 뒷걸음질을 쳤다. 그러다 아론, 누군가에게 걸려 휘청 중심을 잃었다. 그 손을 잡아준 게 티나였다.

그녀는 말없이 댄서들 앞으로 나섰다. 타나의 몸이 거기서 움직였다. 허리에 추임새가 들어가나 싶더니 엉덩이가 실룩거리고, 마침내 온몸으로 탄력이 옮겨가기 시작했다.

놀란 존이 달려왔지만 장태가 그를 막아섰다.

"참아요. 리허설 중이잖아요?"

"쉐프……."

"내가 보기에는 분명 그런데. 세준, 너는 어떠냐?"

"뭐, 제가 보기에도……."

"여기도 한 표 추가요!"

손리까지 가세하자 존은 더 이상 나서지 않았다.

춤!

그건 정말 차원이 다른 댄스였다. 정통 교육을 받은 티나는 저 혼자 거리의 댄스 무리를 압도하고 있었다. 그녀의 몸짓은 그대로 에너지였으며 잠자코 있다가 터지는 활화산이었다. 그리고… 노래가 터져 나왔다.

춤도 그런데 노래까지?

자신들의 상대가 아니란 걸 깨달은 댄서들이 물러섰다. 거기서 루퉁과 림뽀, 라벨라가 바람을 잡았다. 여기저기서 불쑥 일어서 뜨거운 박수를 유도한 것이다.

티나!

이제 보니 관중의 한가운데였다. 박수는 더 뜨겁게 쏟아졌다. 잠시 주저하던 그녀, 경쾌하게 몇 걸음 나서더니

Singin' in the Rain에 맞춰 춤과 노래를 시작했다.

짝짝!

짝짝— 짜짝!

관중들은 그녀의 동작에 따라 힘찬 박수를 맞춰주었다. 티나는 공간의 좌우를 벌리며 미친 듯이 댄스와 노래에 몰입했다.

그 노래에 반해서 몰려든 행인이 또 수백 명. 그렇게 되자 정식 공연장을 방불케 하는 분위기가 형성되고 말았다.

티나는 열연했다. 그 자신, 몰입하고 또 몰입했다. 아마 그곳이 노숙자 공원이라는 사실조차 잊은 듯 보였다.

"와아아!"

"앵콜, 앵콜!"

그녀가 마무리를 짓자 뜨거운 박수와 함성이 쏟아져 나왔다.
그녀는 그 환호에 답례하다가 문득, 장태에게서 시선이 멈췄다.
그제야 그녀는 주변을 돌아보았다.

그곳은 낯선 곳. 노숙자 공원. 그러나 이내 다시 열정으로 돌
아갔다. 그 많은 사람들이 보내는 박수. 그리고 완전한 감동의
얼굴. 그렇기에 그곳이 어디라는 건 그녀에게 중요치 않았다.

"쉐프……."

티나가 천천히 장태에게 다가왔다. 장태는 그녀에게 엄지를 세
워 보였다.

"이게 쉐프의 요리가 만든 마법인가요?"

그녀가 물었다.

"아니!"

장태는 고개를 저으며 또렷하게 강조했다.

"네가 네 한계를 극복한 거야."

"하지만……."

"나는 단지 네 배를 부르게 해준 것밖에. 배가 든든하면 겁날
게 없거든."

"쉐프……."

"이제 쉬어야지. 진짜는 내일이니까."

"내일… 오디션요?"

"그전에 한 번 더 확인. 네 자신의 의지."

"내 의지?"

"진짜 리허설 한 번 해보는 거야. 네 춤과 노래로 사람을 불러

모아……."

"……?"

"조금 전에도 했잖아? 그건 중요한 거야."

"쉐프……."

"물론 요리는 내일 아침에도 준비되어 있을 테고."

"아까와 똑같나요?"

"아마!"

장태, 똑 부러지게 대답했다. 티나가 웃었다. 그녀가 숙소로 들어가자 장태는 공원을 돌았다. 노인을 찾기 위해서였다. 실은 아까부터 장태의 눈은 그를 찾고 있었다. 하지만 군중들 사이에 그는 보이지 않았다.

"집시 노인?"

벤치에서 신문을 보던 루퉁이 물었다.

"예. 인도 쪽에서 온지 얼마 안 되었다던데……."

"아, 투투?"

"투투요?"

"몰라. 그냥 그게 자기 이름이라고 하더라고. 그 양반은 아까 떠났어. 공원이 시끄러워서 마음에 안 든다나."

"그래요?"

"왜? 뭐 사고라도 쳤어?"

"아닙니다."

"누가 사고치면 바로 말해. 너무 잘해주는 것도 좋지 않으니까."

루퉁의 시선은 다시 신문으로 돌아갔다. 장태는 공원 입구를 보고 있었다. 꿈을 꾼 걸까? 인사라도 전하고 싶었던 노인. 다시 보기 어려운 일이 되고 말았다.

'아무튼 고맙습니다. 그리고 미안합니다.'

날이 새면 따뜻한 요리 한 접시라도 대접하고 싶었던 장태. 그건 그냥 마음으로만 전해야 했다. 공원 위로는 자꾸만 별이 몰려들었다.

*   *   *

"쉐프!"

늦은 밤, 하워드 의원이 찾아왔다. 존이 기어코 연락을 한 모양이었다. 이해는 되었다. 금싸라기 같은 딸. 그 딸의 운명을 좌우할 수도 있는 마지막 오디션……

"존에게 얘기 들었소."

가로등 아래서 만난 하워드가 입을 열었다.

"약속하신 시간은 내일이었을 텐데요?"

"압니다. 하지만 애비된 마음에……."

"존이 뭐라고 하던가요?"

"우리 티나가 수많은 사람들 앞에서 노래를 불렀다고……."

"또요."

"헛구역질도 하지 않고 토하지도 않고 음식을……."

"그런데 왜 오신 거죠?"

"미안하지만 데려가야겠어요."

"의원님!"

"내일이 오디션이라오. 구경꾼이 수백 명도 넘었다니 심리적인 압박을 벗어난 게 아니오? 그러니 편안하게 재워서 오디션에 대비해야……."

"안 됩니다. 아직 끝난 게 아니거든요."

"미안하지만 내 결심은 이미 섰소. 시유지 건에 대해서는 시장에게 잘 말해드릴 테니 그리 아시오."

"의원님!"

장태가 말렸지만 의원은 멈추지 않았다. 티나 방 앞에 도착한 하워드. 멋대로 문을 열었다.

"아빠!"

혼자 이미지 트레이닝 중이던 티나가 반색을 했다.

"고생했지?"

안으로 들어선 하워드가 물었다. 장태는 문 밖에서 지켜보고 있었다.

"뭐 조금요. 보기엔 이래도 잘 만해요."

"가방 챙겨라. 그만 가자."

"예?"

"집으로 가자고. 가서 편안히 쉬고 내일을 대비해야지."

"쉐프님이 허락했나요?"

놀란 티나의 시선이 장태에게로 향했다.

"쉐프와는 내가 이야기를 했다. 컨디션 조절을 해야지."

"하지만……."

"어서, 이런 데 오래 있으면 병 걸려."

가방을 집어든 하워드, 티나의 등을 밀었다.

"아빠!"

문 앞까지 나온 티나가 하워드를 돌아보았다.

"어서 가재도."

"한 가지는 확인해야겠어요."

"뭐?"

"쉐프!"

운을 떼운 티나가 장태를 바라보았다.

"말해주세요. 쉐프께서 허락한 일인가요?"

"티나, 네 결정은 이 애비가……."

"저는 쉐프의 대답을 들어야겠어요."

티나의 눈은 여전히 장태 얼굴에 고정되어 있었다.

"……."

"쉐프… 말해주세요. 쉐프의 결정이라면 아빠를 따라갈게요."

"……."

"쉐프……."

"내 결정은 아까 이미 말했어."

"……?"

"거기에서 변한 것도 없고."

장태는 단호했다.

"알았어요!"

티나의 입가에 미소가 스쳐 갔다. 그녀는 그 길로 하워드 손의 가방을 낚아채더니 하워드에게 또렷하게 말했다.

"미안하지만 최종 리허설 연습 중이거든요. 그게 끝날 때까지 이 방에 들어올 수 있는 사람은 쉐프밖에 없어요. 그러니 나가 주시겠어요!"

*　　　*　　　*

이른 아침, 장태는 눈을 비비며 깨어났다.

스승의 레시피 하나를 복기하고 2주방으로 간 장태. 그런데 문 앞에 손리와 세준이 서성거리는 게 보였다.

"또 고양이라도 들어왔냐?"

장태가 기지개를 켜며 물었다.

"형!"

"쉐프!"

둘은 동시에 안을 가리켰다. 장태는 가만히 안을 들여다보았다. 거기 티나가 있었다. 존에게 돌려받은 핸드폰의 이어폰을 꽂은 채 흥얼거리며 주방을 뒤적이는 그녀. 좋은 징조였다.

"굿모닝!"

장태는 활기찬 인사와 함께 들어섰다. 손리와 세준은 그 반대. 둘은 뻘쭘하게 장태의 뒤를 따랐다.

"쉐프, 양유 어디 있어요?"

장태를 본 티나가 물었다.

"직접 데워 마시게?"

"갑자기 당겨서요."

"좋은 현상이네. 하지만 주방은 쉐프 영역이니 연습이나 하고 있어."

"그럴까요?"

장태는 웃으며 양유를 꺼냈다. 그걸 비워낸 티나는 손리를 앞세워 공원을 한 바퀴 돌았다. 다시 주방으로 돌아오자 양고기 등심 프리타타는 완성 직전이었다.

"어때?"

어제와는 조금 다르게 요리를 낸 장태가 물었다. 오늘 양고기에는 벌꿀이 많이 들어갔다. 동시에 신맛을 조금 줄였다.

조금 더 강화된 건 재스민의 진기. 결전의 날이니 그녀의 미토콘드리아를 팡팡 돌아가게 만드는 게 필요했다. 어제처럼 떨리지도 않았다. 홀리 바질에게 신의 기사들이 딸린 까닭이었다. 이제 원하는 맛을 감추는 건 일도 아니었다.

"흐음……! 좋아요."

식사를 끝낸 티나는 포크를 문 채 말했다.

"그럼 리허설을 시작해 보시죠."

장태가 정중히 밖을 가리켰다.

"저, 할 수 있겠죠?"

티나가 물었다.

"실은 나도 특별한 과제를 가지고 요리할 때는 늘 떨리거든."

"……."

"하지만 그냥 몰입하면 되더라고. 그냥 딱 내가 가진 실력만 다 보여주면 되잖아?"

"으음……."

"실력 이상도 아닌, 실력 이하도 아닌……."

"좋아요, 까짓 거 연습실이라고 생각하고 해볼게요."

티나, 포크를 내려놓더니 스프링처럼 튀어나갔다.

"될까요?"

세준이 장태를 바라보았다.

"넌 어디다 배팅인데? 긍정? 부정?"

"물론 형 쪽에 배팅이죠. 긍정!"

"그럼 지켜보자고."

장태의 팔이 세준의 어깨를 정답게 쳐 주었다.

"큼큼, 아아!"

아직 안개가 채 가시지 않은 공원 가운데로 나온 티나. 목을 가다듬으며 공원을 바라보았다. 사방으로 툭 터진 공원은 넓었다. 무대로 쳐도 너무 넓은 무대였다.

티나, 살짝 의기소침해졌지만 뱃속 깊은 곳에서 에너지가 올라오는 게 느껴졌다. 그러고 보니 어제도 노래한 곳이었다. 그때는 사람도 많았었다.

'에라!'

두 눈을 질끈 감은 티나는 텅 빈 앞쪽을 향해 목이 터져라 샤우팅을 질러댔다.

"아아아아!"

그리고……

멈췄던 그녀의 발이 지면을 박차기 시작했다.

사뿐!

푸른 초원을 달리는 가젤이나 스프링벅처럼.

8장

어린 새의 도약

쭉, 쭉!

스트레칭에 이어 가뜬한 런닝이다. 그리고 훌쩍 도약하며 터 닝. 가볍게 착지한 그녀의 도약은 조금씩 속도를 높였다. 그것은 곧 댄스가 되었다. 노래가 되었다.

아침 공기를 한 번 흔든 그녀의 노래는 리허설을 알리는 시작 이었다. 마침내 발동이 걸린 것이다.

노래는 Singin' in the Rain.

어제 그 노래였다. 그녀의 허스키 보이스에 깜찍한 귀여움이 실린. 그건 이른 아침, 잠시 천상에서 내려온 요정의 찬가처럼 들 렸다.

노숙자들이 모여들기 시작했다.

하나, 둘⋯⋯.

어제와는 완전히 반대였다. 어제는 장태의 부탁을 받고 움직인 사람들이었지만 오늘은 아니었다. 미국 대통령이 왔대도 일어나지 않을 노숙자들이 자발적으로 모여든 것이다.

　티나는 그들을 의식하지 않았다. 그녀의 노래는 완전히 그녀 자신이었다. 가뜬하고 힘찬 댄싱에 녹아드는 유려한 음성. 그건 천만 가지 얼굴을 가졌다는 스파이스처럼 변화무쌍한 감성으로 공원을 흔들었다.

　"어떻게 된 거야?"

　눈을 비빈 루퉁이 장태 곁으로 다가섰다.

　"형님이 모았수?"

　이번에는 림뽀.

　"오늘 아침도 프로그램 돌리는 건가?"

　하품을 해대는 라벨라까지.

　티나의 춤은 이제 완전한 경지에 올라 있었다.

　공원이 그녀의 공연장이자 무대가 된 것이다. 아론도 보였다. 워낙 춤을 좋아하는 이 녀석은 또래를 이끌고 그녀의 뒤에 병풍처럼 모여 서서 조용히 백댄서 역할을 하고 있었다.

　감히 끼어들지는 못한다. 그만큼 티나의 춤과 노래에는 품격이 서려 있었다.

　짝짝!

　누군가 박수를 치기 시작했다. 그 또한 누가 시켜서가 아니었다. 티나의 춤과 노래에 혼연일체가 되었다는 방증이었다.

　"죽이는데?"

　림뽀 역시 박수로 가세했다.

"난 살이 다 떨려. 이거 보이죠?"

라벨라가 루퉁을 보며 말했다. 정말 그렇게 보였다. 그녀의 살 덩이가 전율하는 모습. 그걸 아는지 모르는지 티나는 훨훨 날며 영혼을 정화하는 노래를 쏟아내고 있었다.

"와아아아!"

노래가 끝나자 노숙자들은 일동 기립박수로 환호했다. 그들 사이에는 산책 나온 일반인들도 제법 끼어 있었다.

"티나!"

두 팔을 벌리고 감격하는 사람은 존이었다. 겨우 땀을 닦아 내린 그녀, 존을 향해 달리기 시작했다.

"굿 잡, 굿 잡!"

존은 두 주먹을 불끈거리며 목이 터져라 외쳤다.

하지만!

그녀는 존의 두 팔을 지나쳤다.

"……?"

존은 허전함에 돌아보았다. 그리고 알았다. 티나가 다시 한 번 굉장한 도약을 이루는 것을. 그녀 도약의 종착지는 장태였다.

"쉐프!"

목이 터져라 외친 티나가 장태 품에 안겼다. 그야말로 벼락같은 포옹이었다.

"Good Job!"

얼떨결에 티나를 안은 장태가 웃었다.

"고마워요!"

장태의 이마에 쏟아지는 그녀의 키스.

"내가 고맙지."

"왜요? 쉐프 요리 덕분에 용기가 생긴 걸요."

"아니, 티나가 내 요리를 맛나게 먹어줬잖아."

"쉐프……."

"앵콜, 앵콜, 앵콜!"

노숙자들의 발이 땅을 울리기 시작했다.

쿵쿵쿡!

그건 흡사 심장과 영혼을 동시에 흔들어대는 소리 같았다.

"괜찮겠어?"

"할 수 있어요."

"좋아. 하지만 리허설이니 너무 무리는 하지 마."

"예, 쉐프!"

티나가 활기차게 대답했다. 그녀, 손리가 하는 걸 본 모양이었다.

다시 가뜬하게 나선 티나에게 주저 따위는 없었다. 망설임도 없었다.

그녀는 자신을 둘러싼 노숙자들을 향해 또 다른 노래와 함께 댄싱을 시작했다. 이번에는 혼자가 아니었다. 아론의 손을 잡아 끌고, 그 친구들과 함께 호흡을 맞추더니 끝내는 라벨라까지 끌어내 함께 춤을 추었다.

"쉐프……."

존의 입은 귀밑에 걸려 있었다.

"굉장한데요?"

장태가 티나를 보며 말했다.

"당신이야말로 굉장하네요."

"다른 소리 마시고 집중하세요. 이런 공연은 돈 주고도 못 보잖아요?"

장태의 시선은 티나에게 고정이었다.

완전 고정!

*　　　*　　　*

"쉐프!"

연락을 받고 달려온 하원의원이 체면불구하고 장태의 손을 잡았다.

"고맙소."

"별말씀을……."

"그리고 어제의 무례를 용서해 주시오."

"아버지로서 당연히 할 수 있는 일이었습니다."

"이거 내가 면목이 없구려."

"오디션 시간에서 정확히 얼마 남았죠?"

장태가 존을 바라보았다.

"4시간이오. 가는데 한 시간이 더 걸리고 준비도 해야 하니 이제 집으로……."

"죄송하지만 마지막 요리가 남았습니다."

"마지막 요리?"

하워드가 고개를 들었다.

"오래 걸리지 않을 겁니다. 두 분 몫의 식사도 있으니 함께 기다리시지요. 숀리!"

장태가 숀리를 바라보았다. 지시를 받은 숀리는 제법 정중하게 세 사람을 테이블로 안내했다. 자리까지 권하는 모습을 보자니 키득 웃음이 나왔다.

숀리…….

많이 컸다.

요리는 두 가지로 준비했다.

티나의 것은 별로 다르지 않았다. 다만 양고기가 부드러운 게 특징. 오디션이 코앞이므로 원활한 소화도 전제가 되어야 했다. 그건 마치 마라톤 선수의 식사와도 같았다.

평상시 먹는 것과 시합을 앞두고 먹는 게 달라야 하는 마라톤 선수들. 그건 뮤지컬 배우에게도 다르지 않았다. 부담 없이 소화되어 에너지로 변해야 하는 것이다.

하워드와 존은 피시앤칩스였다. 감자는 숀리와 세준에게 맡겼다.

눈치를 보니 세준이 튀겨보고 싶어 하지만 숀리가 기름 앞을 선점했다. 주방에서는 숀리가 우선이었다.

생선은 대구가 없어 넙치를 택했다. 후추와 구운 소금으로 밑간을 하고 튀김옷을 입히는 장태.

촤아아!

기름 안으로 들어가는 소리가 상쾌한 멜로디처럼 귀를 즐겁게 했다.

맨 먼저 서빙된 것은 아뮈즈 부슈였다.

입을 즐겁게 하는 에피타이저. 딱 한입 크기지만 세 사람을 매혹시키기에 충분한 작품이었다.

"와아!"

"꺄아아!"

남자들의 반응에 이어지는 티나의 자지러지는 반응. 그건 지켜보던 쏜리와 세준도 다르지 않았다.

껍질을 벗기고 살짝 구워낸 작은 토마토.

그 머리 쪽을 날리고 속을 파낸 장태.

안에다 허브 잎을 둘러 심미를 더 하고 부드러운 마스카레포네 치즈를 채워 넣었다. 그 위에 올라앉은 건 작은 키위와 망고 조각들. 흰 눈 위에 올라앉은 초록과 노랑은 빛보다도 선명해 보였다.

화룡점정은 바로 아몬드. 반으로 나뉜 아몬드 조각 세 쪽이 긴 꼭지 달린 붉은 체리와 함께 올라앉아 있었다. 껍질을 벗겨낸 토마토는 은가루를 뿌린 듯 반짝거렸다.

〈제목은 축복의 씨앗!〉

"축복의 씨앗이요?"

아뮈즈 부슈를 받아 든 티나, 차마 먹지 못하고 장태를 바라보았다.

"응, 축복의 씨앗."

장태는 웃으며 설명을 이었다.

"모세의 지팡이가 바로 아몬드나무였다죠. 하느님의 선택으로 그 지팡이는 싹을 틔우고 열매를 맺었습니다. 오늘 오디션을 치르는 티나 양에게 딱 어울리는 의미라 생각되어 만들어 보았습니다."

"오 마이 갓, 그렇게 깊은 뜻이……."

하워드도 차마 먹지 못하기는 마찬가지.

"쉐프……. 정말 고마워요."

티나의 눈가에 이슬이 맺혔다.

"NO, 쉐프를 행복하게 하려면 맛있게 먹어야지."

장태는 애피타이저를 권했다. 아뮈즈 부슈는 쉐프가 주는 선물. 동시에 쉐프의 심미적인 능력을 발휘할 수 있는 기회이기도 했다.

"아!"

"음……."

티나와 하워드, 맛있는 탄식까지 닮아 보였다. 장태는 행복하게 돌아섰다. 아뮈즈 부슈가 메인은 아니기 때문이었다.

"아, 나도 뮤지컬 배울걸."

주방에 들어서자 숀리가 맥없이 말했다.

"저거 먹고 싶구나?"

그 마음을 아는 장태가 물었다.

"네!"

"숀리."

"네?"

"진짜 쉐프가 되려면 말이지, 먹고 싶은 마음보다 먹이고 싶은 마음이 커야 한단다."

"나도 알아요. 하지만 먹고 싶은 걸 어떡해요?"

숀리가 볼멘소리를 냈다. 좋았다. 장태가 한 말은 장태쯤의 짬밥이 쌓여야 알 수 있는 일. 지금의 숀리라면 어디로 뛰든 상관

없었다. 그에게는 아직 시간이 많았으므로.

"잘할게요."

식사를 마친 티나가 차 앞에서 말했다.

"특별히 잘할 필요 없어. 네 실력만 발휘해."

"아까 저기서 한 것처럼 말이죠?"

티나가 넓은 공원을 가리켰다.

"응!"

"하긴… 오디션장이 여기보다 넓을 리도 없으니까요."

티나가 웃었다.

부릉!

그녀가 멀어졌다. 잠시 피로가 몰려왔다. 호흡을 가다듬고 있을 때 아드리안이 다가왔다.

"미션 클리어?"

"아직은 몰라요."

"다만 최선을 다했다?"

"네!"

"맞아. 그게 쉐프 손의 장점이지."

"네?"

"대가를 바라지 않는다는 거. 다른 친구들 같으면 벌써 계산기 두드리고 앉아 있을 텐데……."

"강 선생님이 진짜 쉐프는 요리를 두고 계산하지 않는다고 했거든요."

"앞으로는 계산도 해야 할 걸세."

"네?"

"하워드 의원 말이야, 눈을 보니 자네에게 꽂힌 거 같아."

"별말씀을……."

"이거 잘하면 뉴욕 이스트할렘 모퉁이의 작고 보잘것없는 레스토랑 '라오스' 같은 명물이 LA에도 생기지 아마."

"아드리안……."

"그래야 강 쉐프도 좋아할 거 아닌가?"

아드리안이 웃어 보였다. 그 역시 로이가 스승을 모셔갈 거라는 소식을 아는 상황. 장태와 다를 바 없는 바람이었다.

두 사람이 이심전심으로 웃을 때 2주방에서 비명이 흘러나왔다.

"으아악!"

숀리의 비명이다.

"둘이 또 사고치고 있나 보군. 들어가 보시게."

아드리안이 장태 등을 밀었다.

안으로 들어가 보니 숀리가 눈물을 쏟고 있었다.

"또 왜?"

"세준 형이……."

숀리는 입을 헹구느라 난리를 떨고 있었다.

"야, 말은 똑바로 해. 색깔 예쁘다고 뺏어간 게 누군데?"

세준은 억울하다는 표정. 테이블을 본 장태는 무슨 일이 일어났는지를 알았다. 숀리와 세준, 그새 장태의 아뮈즈 부슈를 흉내 내고 있었다. 그런데 숀리가 깨문 구운 토마토 안에 들어앉은 게 겨자라는 게 문제였다.

"나는 매운 거 좋아하는 테일러 아저씨 주려고 만들었거든요.

그런데 손리가 자기 마음대로 먹어버렸다고요."

"아, 진짜… 그러면 그렇다고 말을 해야죠."

"먹지 말라고 했잖아?"

둘은 티격태격 옥신각신이다. 하지만 그 귀여운 전쟁은 장태의 한마디로 바로 끝장을 보았다.

"이리 와라. 내가 만들어줄 테니까!"

"정말이죠? 쉐프!"

손리는 눈물범벅이 된 채로 달려와 장태 옆에 붙었다. 그야말로 전광석화 같은 몸짓이었다.

"대신 너희도 같이 만든다. 내 건 둘 중 제대로 만든 사람에게 상으로."

세상에 공짜는 없다. 그래도 손리와 세준의 투지는 훨훨 불타올랐다. 그러나 주어진 재료는 제한적. 토마토 하나와 한 스푼의 마스카레포네 치즈, 망고 한쪽과 키위 한쪽, 허브 두 장과 아몬드 두 알, 그리고 체리 하나였다.

"움쓰!"

손리는 토마토부터 망쳤다. 머리에 십자 칼집을 너무 깊이 내버린 것.

"어이구, 우리 손리는 치즈가 줄줄 새겠네."

세준이 여유를 부렸지만 그 여유는 5분도 가지 못했다. 토마토를 너무 구워낸 것이다. 시간 조절을 잘못한 토마토는 만지면 살이 무너질 정도로 익어버렸다.

"형은 이빨 없는 할머니 주려나 보죠?"

손리가 질 리 없다.

그 위에 마스카르포네 치즈 올리는 것도 만만치는 않았다. 손리는 중심을 잘못 잡아 한쪽으로 넘쳤고, 세준은 엉성하게 채워졌다.

하지만!

더 큰 악몽은 허브를 빼먹고 치즈를 채워 버렸다는 것. 둘은 나무 이쑤시개를 가져다 끝을 찔러넣는 편법을 쓰고서야 겨우 허브를 둘렀다.

"아, 씨……."

허브에 묻은 치즈 흔적을 닦으려고 애쓰던 세준. 이번에는 치즈가 티슈에 묻어나면서 토마토 몸통에까지 묻고 말았다. 그것까지 닦으려다 결국 토마토가 시원하게 뭉개져 버렸다.

맙소사.

"……!"

그사이 손리는 키위와 망고까지 올렸다. 그건 그래도 제법 잘 썰어냈다. 슬쩍 세준을 돌아본 손리, 느긋한 표정으로 아몬드를 써는 순간,

통!

칼을 비껴난 아몬드가 바닥으로 굴러 떨어져 버렸다. 동작을 멈춘 손리. 이번에는 장태를 보지만 장태는 시치미 뚝이었다. 손리는 하나 남은 아몬드를 다시 잡았다. 이번에는 너무 긴장해 검지 끝을 함께 썰었다.

"악!"

결과는?

둘 다 실패.

만만히 본 아뮈즈 부슈에서 실패한 두 사람의 얼굴은 우거지상보다 찬란하게 구겨져 있었다.

　"이건 누굴 줘야 할까?"

　장태, 옆구리가 무너진 세준의 작품과, 처참한 아몬드가 올라간 손리의 작품을 보며 딱 하나 만든 아뮈즈 부슈를 들어 보였다.

　손리의 손이 올라갔다.

　"왜?"

　장태가 물었다.

　"그래도 내 건 무너지지는 않았잖아요."

　맞는 말일까?

　장태 생각은 달랐다.

　"미안하지만 이 아뮈즈 부슈의 주제는 아몬드였거든."

　"……."

　손리의 눈빛이 확 꺾이는 게 보였다.

　"그러므로 이건……."

　두 사람을 돌아본 장태, 아뮈즈 부슈를 자기 입으로 털어 넣고 말았다.

　"아악!"

　기대감이 무너진 손리와 세준의 비명이 다시 한 번 주방을 흔들었다.

＊　　　　＊　　　　＊

늦은 밤, 장태는 하루를 정리하고 있었다. 침대 모서리에서는 티나의 냄새가 났다. 그래도 여자였던 모양이다. 장태의 후각을 끄는 걸 보면. 그래도 남자였던 모양이다. 여자 냄새라고 금세 알아채는 걸 보니.

'윤선아!'

티나의 향에서 한 이름이 묻어나왔다. 중학교 때 좋아했던 여학생. 처음 중1 때는 장태와 그녀, 학교 상위권을 휩쓸고 다녔다.

서울대 갈 거야!

너도 그렇지?

그녀는 당연한 듯 물었다. 집안이 괜찮았던 그녀, 초등학교 때부터 상위권이었다. 그렇기에 당연히 SKY를 꿈꾸고 있었다. 그녀와 쫑이 난 건, 아버지와의 관계보다 먼저였다.

"조리고등학교 가려고."

중3, 진로지도를 받고 나온 장태가 말하자 그녀는 들고 있던 외고입시 문제집을 떨어뜨렸다.

"뭐라고?"

장태는 지금도 기억한다. 그때 그녀의 낯선 억양과 눈동자.

거짓말 좀 보태면 그녀, 금붕어 눈처럼 눈이 쏟아질 것 같아보였다. 어쩌면 그때, 그녀가 아버지와의 관계 불화에 대해 경고를 보낸 건지도 모른다. SKY를 꿈꾸다가 조리고등학교라니? 유럽에서는 이해될 일들이지만 그곳은 한국이었다. 미래를 결정한다는 중3이었다.

고3 때 다시 만났다. 수능 전날이었다. 장태는 수능을 보지 않았지만 그녀를 찾아갔다.

"먹고 힘내. 서울대. 문제없지?"

이미 수시에서 서울대 단 한 곳을 집어넣고 아깝게 물은 먹은 그녀. 장태가 내민 음식을 받아 들더니 코와 입이 함께 웃었다.

허!

웃음 속에 섞여 나온 한숨 소리.

잘못 왔구나!

장태는 그제야 알았다. 그녀에게서 너무 멀리 지나왔다는. 아니, 그녀가 장태에게서 너무 멀어졌다는 걸.

그래도 나쁘지 않았다. 장태는 자기 할 일을 했다. 한때는 정다웠던 누군가를 위해 요리를 한다는 거. 그 감정만은 그녀도 침범할 수 없었기 때문이었다.

그녀는 결국 서울대를 갔다. 그건 아버지를 통해 들었다. 장태와 어깨를 나란히 하던 그녀. 한 사람은 서울대를 가고 또 한 사람은 경기도 끝자락 중소 도시의 조리고등학교 졸업을 앞두고 있었다.

게다가!

장태는 고아원 봉사와 복지관 봉사 등에 미쳐 한식조리사 하나 따지 못한 상황. 그런 자격증에 관심도 없는 아버지였지만 구실이 되기에는 충분한 일이었다.

'로스쿨 마쳤으면 판사나 검사가 됐을 수도…….'

그녀라면 그럴 수도 있었다.

법복을 입은 그녀의 모습, 괜히 멋져 보였다.

장태는 내일의 스페셜 메모를 당겼다.

'내일은…….'

가빈 차례였다.

나이는 70대 후반. 오랜 당뇨병으로 지친 육신, 그렇기에 늘 구석에 묻혀 존재감조차 없는 노인. 그런데 그가 원한 건…….

'쿠플 오 쇼콜라…….'

푸헐!

장태는 고개를 저었다. 실수였다. 티나 일로 바빠 루퉁이 가져온 메모를 제대로 살피지 못한 것. 가빈은 이걸 먹을 수 없었다. 정신 나간 짓이 아닌가? 당뇨병인 사람이 진한 초콜릿이라니?

'게다가…….'

이번에는 고개를 갸웃거리는 장태. 루퉁의 말을 들은 후에 그를 바라본 기억 때문이었다. 그의 오방색 앞줄은 황색이 아니었다. 그런데 웬 초콜릿 크레프?

기억에 따르면 그는 그나마 흰색이 팔팔했기에 얼큰한 '굴라시' 같은 걸 원하는 게 맞았다.

메모가 다른 사람 것과 섞였나?

혹시나 싶어 지난 메모를 뒤질 때 세준이 달려왔다.

"형!"

노크도 없이 문을 여는 만행을 저지르는 세준.

응?

그런데 그의 손에 들린 건 쉐프 나이프…….

"아, 죄송……."

장태가 칼을 바라보자 세준은 얼른 칼을 치웠다. 지난 일이 그에게도 부담으로 남은 모양이었다.

"아직도 연습이냐?"

질문을 던진 장태, 시계를 바라보았다. 시간은 그새 자정을 넘고 있었다.

"예……."

"왜?"

"그게… 손님이 왔어요."

"손님? 누구?"

"티나하고 그 하원의원이오!"

이 시간에?

그렇다면 합격?

장태의 가슴속에 단어 하나가 피어올랐다. 다행히 그 예상은 빗나가지 않았다.

"쉐프"

밖으로 나온 장태를 보자 티나가 달려왔다. 그녀는 푸짐한 꽃다발을 장태에게 안겨주었다.

"패스?"

"예스!"

"축하해!"

"땡큐, 쉐프!"

티나는 날 듯한 모습이다. 온몸에서 피어나는 행복한 전율은 장태가 CIA에 합격한 그날처럼 활기차 보였다.

"조금 전에 비공식으로 통지가 왔네. 공식 발표는 내일이라 내일 찾아보자고 했지만……."

하워드가 웃었다.

"아버지를 졸랐어요. 쉐프가 반듯한 레스토랑을 가졌으면 좋겠다고요."

"티나……."

"쉐프 같은 사람에게 이런 곳은 안 어울려요. 아버지라면 좋은 호텔에 취직시킬 수도 있다고요!"

"티나!"

티나가 혼자 폭풍질주를 시도하자 하워드가 살짝 제동을 걸었다.

"실은 시장이 말이야, 쉐프 손에게 레스토랑 허가를 내줄 눈치란다."

"어머, 몰랐어요."

"바로 여기다 말이지."

하워드의 시선이 2주방으로 향했다.

"여기에요?"

살짝 일그러지는 티나의 표정.

"쉐프 손이 원하는 곳이지, 아마……."

하워드의 눈길이 장태에게 돌아섰다. 그러자 티나의 시선도 따라왔다.

"맞아. 미국에서 레스토랑을 연다면 그 첫째는 이곳이길 바라."

"쉐프……."

"멋지고 훌륭한 곳에는 이미 훌륭한 레스토랑들이 있잖아? 그렇다면 여기서 명물로 시작하는 것도 좋지."

"하지만……."

"그건 내 꿈이야. 티나가 오늘의 오디션을 꿈꾸었듯……."

"쉐프……."

"어떠냐? 티나, 내가 시장이랑 결판을 볼까?"

"뭐, 쉐프가 원한다면요……."

티나는 더 이상 토를 달지 않았다.

"고맙소. 여기 일은 최대한 시장에게 부탁을 하겠소."

하워드가 소신을 밝혔다.

"제가 고맙습니다."

"냄새 좋군요."

"예?"

"당신 냄새 말이오. 사람 냄새가 폴폴 나지 않소? 그러니 요리
도 사람 맛이 배일 수밖에."

장태와 악수를 나눈 하워드가 웃었다. 그 미소를 따라 공원
하늘 위의 별들도 소리 없이 웃었다.

"으악, 진짜 여기 레스토랑 허가가 나오려나 봐요."

티나가 돌아간 후, 세준이 들뜬 목소리를 쏟아냈다.

"그러려는 모양인데?"

"으아, 형 진짜 좋겠다."

"고맙다."

"그나저나 이름은 뭐라고 지을 거예요? 레스토랑은 이름이 중
요한데……."

"뭐라고 할까?"

"오리엔탈 손 레스토랑? 아니면 그냥 이쪽 특징을 따서 쉼터
레스토랑? 그것도 아니면 노숙자 레스토랑? 에이, 그건 안 되

겠고……."

세준의 괜한 고민 속에 밤이 깊어간다.

그래도…….

장태는 세준이 고마웠다.

내 일을 자기 일처럼 챙겨주다니…….

짜식!

*　　　*　　　*

토닥토닥!

가랑비 내리는 날 듣는 바이올린 선율은 기가 막혔다. 요리사는 감성이 있다. 예술적인 소양도 필요하다. 특히 미술이 그랬다. 미적 감각은 요리 세팅과 플레이팅에 유리하다. 접시에 긋는 소스 선 하나도 마찬가지다. 아무렇게나 소스를 부어버리는 게 아니다. 세상에 하나밖에 없는 맛의 선을 그리는 것이다.

장태는 홀리 바질을 만지고 있었다. 일곱 신의 기사들도 있었다. 장태의 실험은 아직도 진행형이었다. 비율을 바꿔보고 오래 숙성도 시켜보았다. 그 결과 홀리 바질의 씨앗을 갈아 넣으면 좀 더 순수한 결과를 얻게 되는 걸 알았다.

톡!

장태만의 비율로 스파이스 배합물에 떨어뜨리면 그 안에 들었던 모든 맛들이 원점으로 돌아가는 것이다.

평정!

그야말로 평정이었다.

하지만 식재료 자체에 넣으면 곤란했다. 그렇게 되면 식재료 본연의 맛도 함께 사라진다.

절대 명심!

(스파이스나 허브 배합에서만 사용할 것!)

(식재료에 직접 뿌리지 말 것!)

이 발견은 요리보다는 치료식에 유용할 것으로 보였다. 장태가 주입하려는 맛을 감출 수 있으므로.

결론을 내린 장태, 잠시 쉬며 생각에 잠겼다.

'내 레스토랑……'

사실, 아직은 생각하지 않았던 일이었다. 맨 처음 장태가 꾸었던 꿈들…….

처음에는 CIA에 들어가는 게 소원이었고,

그다음에는 강형규를 만나는 것,

그 다다음에는 스승의 한 손을 가져간 크리스를 뭉개주는 것.

세 가지를 다 이룬 지 얼마 되지 않았다. 그랬기에 개인 레스토랑은 아직 요원한 일이었다. 장태, 오방색을 읽어내는 재주를 얻고 뛰어난 후각까지 갖췄다지만 공식 요리 경력이 일천했던 까닭이었다.

초황!

제일 먼저 생각한 상호는 그것이었다. 아버지의 한의원 이름이었다. 아니, 할아버지 대부터 이어진 이름이었다.

초황은 할아버지가 즐겨하던 일이기도 했다. 쉽게 말하면 약재를 덖는 일. 그건 녹차를 덖는 일과도 같았다. 초황을 하면 한

약 자체의 수분 함량이 적어져 가루내기가 쉽고 오래 변질되지 않아 보관하기에 좋았다.

〈간단한 일부터!〉

할아버지는 그걸 한의사의 본분으로 삼았고, 잊지 않기 위해 한의원 이름으로 삼았다.

치료식을 끝냈다. 손리를 시켜 대상자들을 불러 모으게 했다. 하지만 아직 오늘의 스페셜은 하지 않았다. 아무래도 가빈 할아버지를 본 후에 결정하는 게 옳을 것 같았다.

식성은 변한다. 그가 선호하는 오미 자체는 잘 변하지 않지만 소재는 그렇지 않았다. 배가 부를 때와 고플 때가 조금 다르다. 고기가 당기다가도 채소에 마음이 가는가 하면, 소소한 스낵류가 유혹을 하기도 한다.

장태는 우산을 쓰고 나왔다. 비가 오면 공원은 고적하다. 집 없는 사람들에게는 처량한 때다. 몇 몇 노숙자들은 큰 나무 아래 모여 있다. 벤치 아래에 누운 사람도 보였다. 가빈은 원래 있던 자리에 없었다. 조금 기다리자 화장실 쪽에서 걸어 나왔다.

"할아버지!"

장태가 다가섰다.

"쉐프, 내 메뉴 나왔나?"

마음이 앞서간 가빈이 반색을 했다.

"아직… 먼저 여쭤볼 게 있어서요."

"뭘?"

"정말 쿠플 오 쇼콜라가 드시고 싶으세요?"

"왜? 안 되나?"

"그건 아니지만……."

"그럼 그거 해주게."

"그런데 할아버지 몸은 당뇨가 심하잖습니까? 할아버지 몸을 봐서는 굴라시나 해물 부야베스를 드시는 게……."

"부야베스?"

가빈은 자기도 몰래 군침을 넘겼다.

"뭐 한 번 먹어서야 어떻게 되려고?"

입맛을 다시며 둘러대는 가빈.

"그건 그렇습니다만……."

"그럼 해줘. 같이 가자고."

가빈이 장태를 끌었다. 그사이에도 폴싹거리는 할아버지의 오방색.

하긴…….

사람이 꼭 식성대로 살라는 법은 없지.

주방으로 돌아온 장태는 계란 크레프를 만들었다. 크레프 안에서 달콤한 초콜릿 녹는 냄새가 그윽하게 풍겨 나온다. 장태는 아스파라거스 몇 개와 토마토 반쪽을 구워 곁들이고 크레프 위에 바질을 포인트로 올렸다.

"오, 이게 쇼콜라인가?"

접시를 받아 든 가빈이 물었다.

"예."

"고맙네. 접시는 나중에 돌려줘도 되겠지?"

"멀리 가지 마시고 테라스에서 드시는 게……."

"아닐세. 곧 돌려줌세."

가빈은 상의 품 안으로 접시를 품고 빗길을 나섰다.

"어딜 가는 거죠? 그냥 여기서 먹지……."

뒤에 있던 손리가 고개를 갸웃거렸다.

"잠깐 갔다 올게."

장태는 우산을 들고 가빈의 뒤를 따라 나왔다. 가빈은 천천히, 그러나 바삐 뛰었다. 마음은 급하지만 품에 든 접시를 엎을까 봐 종종걸음만 치는 것이다. 평소에 앉던 벤치 쪽도 아니었다.

'뭔가 있군.'

장태는 멀찌감치 그의 뒤를 따랐다. 얼마나 갔을까? 건물 뒤로 돌아선 가빈이 낡은 아파트로 들어가는 게 보였다.

토닥토닥!

비는 그치지 않았다. 아파트로 들어간 가빈은 오래지 않아 나왔다. 그의 뒤로 휠체어 노파가 보였다. 피골이 상접한 장애인이었다.

"비가 오는데……."

노파의 목소리는 속삭이는 듯 낮았다.

"걱정 마. 이걸 쓰고 가면 되니까."

"가빈. 고마웠어요. 그 요리……."

"맛있었어?"

"예……. 어릴 때 아버지가 사준 그 맛이었어요."

"나중에 기회 되면 또 먹게 해줄게."

"가빈……."

"어여 들어가. 비에 젖어."

휘적 손을 휘저은 가빈은 접시로 머리를 가렸다. 그런 다음 공원을 향해 걸음을 옮겼다. 그 도중에도 몇 번이고 눈시울을 붉히며 돌아보는 가빈.

"……!"

낡은 아파트를 향해 손을 흔들던 가빈, 돌아서다 우산에 걸리고 말았다. 그 벽은 장태의 몸이었다.

"쉐프!"

놀란 그는 그만 접시를 떨구어 버렸다.

"쓰세요!"

장태는 엷은 미소로 우산을 건네주었다.

"봤나?"

"아뇨."

"……."

"실은 아무리 생각해도 할아버지가 쇼콜라 하나로는 부족할 거 같아서요. 손리에게 부야베스 재료 좀 챙겨놓으라고 했는데 더 드실 수 있겠죠?"

"쉐프……."

"가세요. 이런 날은 달콤한 쇼콜라도 좋지만 역시 뜨끈한 스튜가 제일 아닐까요?"

"쉐프……. 우우욱!"

가빈의 목소리는 빗물보다 더 촉촉하게 젖어갔다. 눈물을 참느라 동물의 신음까지 새어 나왔다. 장태는 그의 눈을 보지 않았다. 그의 마음에서 풍겨나는 향만 맡아도 행복했으므로.

장태가 만든 쇼콜라는 장애인 할머니에게 행복을 안겨주었다. 그건 곧 가빈의 행복이었고 장태의 행복이었다.

비를 맞아도 하나도 젖지 않는 마음, 오직 쉐프만이 느낄 수 있는 행복이었다.

I am happy!

장태의 마음은 벌써 부야베스를 끓이고 있었다.

보글보글.

갖가지 해물로 담백하게!

고르게 맛이 섞여 맛깔스럽게!

9장

1억 달러의 대결

있는 대로 때려 넣었다. 로브스타에 관자에 홍합까지. 비 오
는 날 뭉긋하게 끓는 스튜의 소리는 멜로디가 척척 맞아들었다.
기다리는 가빈의 목젖은 박자를 맞추느라 바빴다.

보글!

꼴깍!

자글!

꿀꺽!

"형!"

뭔가를 검색하던 세준이 득도라도 한 듯 소리쳤다.

"이거 우리나라 해물잡탕하고 똑같잖아요?"

"응, 비슷해!"

"으아, 그런데 이름만 들으면 무슨 일품요리 같으니……."

"일품요리 맞아."

"예?"

"지구에 한국만 있는 게 아니잖아? 그런데 해물잡탕은 몰라도 부야베스 아는 사람은 많거든."

"에……."

세준의 목소리 끝이 맥없이 내려갔다.

"좋고 나쁘다는 게 아니야. 너 여기 와서 한국인이라고 자부한 적 많냐?"

"가끔요."

"어떤 때?"

"처음 왔을 때 여자애들이 K—POP에 대해 물을 때……."

"요리는?"

"……."

세준은 대답하지 못했다.

"그게 한국 요리의 현주소다. 나쁘고 좋은 게 아니라 알려지지 않은 거야."

"그렇군요."

"가서 루퉁 아저씨, 림뽀 아저씨, 라벨라 아줌마까지 다 데려와라. 부야베스는 1인분만 끓이면 맛없거든."

"알았어요."

세준이 달려 나갔다. 그사이에도 부야베스는 보글보글 맛을 더해갔다. 낮은 불에서 얌전하게 끓는 걸 보니 불도장 생각이 났다.

론도 케미칼 회장님도 불도장을 기다리고 있을 텐데…….

그러고 보니 햄버거 패티 사건 이후로 너무 바빠졌다. 꾸준히 찾아오는 사람들과 스케줄 때문이었다.

'뉴욕에 다녀오면 제일 먼저 찾아뵈어야지.'

1만 주 얻은 주식 때문은 아니었다. 기어이 맛의 폭풍을 일으켜 준 장태. 한 번 더 챙기는 것도 쉐프의 의무 같았다. 더구나 그가 원하고 있지 않은가?

"잘 먹겠네!"

"곁다리인 우리도!"

부야베스를 받아든 가빈이 말하자 루퉁과 라벨라도 목청을 높였다. 흐뭇하게 바라보는 장태의 귀로 뉴스가 흘러나왔다. 극동의 한국, 그보다 조금 위에 위치한 북한 소식이었다.

홍수가 났다.

전염병이 돌았다.

헐벗은 아이들이 울고 있었다.

'뉴욕 인터내셔널 에이드……'

마지막 쉐프로 남는 팀은 지원 국가 의견을 낼 수 있다던 디바바. 그동안 장태는 간간히 그런 생각을 했었다.

―캄보디아의 헐벗은 아이들.

―미얀마의 가난한 아이들.

그들에게 먹을 것을 왕창 보내주면 어떨까? 이 세상에서 가장 서러운 게 바로 배곯는 아픔. 그건 난민촌에서 보고 또 본 풍경이었다. 하지만 한 번도 북한을 생각해 본 적은 없었다.

'그렇군.'

답은 언제나 가까이 있었다. 코를 훌쩍이며 배를 곯는 북한 아이들 영상을 보며 생각했다.

꼭 최후의 쉐프로 살아남아야겠어.

'저 아이들을 도우려면.'

장태, 막연한 호기심에서 또렷한 목표가 생기는 순간이었다.

*　　　　*　　　　*

아!

뉴욕으로의 출발을 앞두고 스승을 찾은 장태, 스승의 꿈틀거리는 오방색을 보자 눈에 보배를 넣은 것만 같았다.

스승의 오방색은 마치 다섯 색깔의 힘찬 장어를 섞어놓은 듯한데, 엉겨 꿈틀거리고 있었다. 아직은, 최상은 아니었다. 하지만 가엾게 스러지던 전을 생각하면 더는 바랄 게 없었다.

스승은 이제, 완연한 회복기에 접어들고 있었다.

"몸이 가뜬하다네. 바늘로 찌르는 것 같은 통증도 거의 사라졌고."

스승이 웃었다.

"정말 다행입니다."

"우습지만 그런 거 아나? 밤이 두려워지는 거."

"……."

"내가 그랬네. 밤이면 더 강력해지는 통증……. 그래서 해가 지면 마치 악마의 발톱이 내 혼을 할퀴러 내려오는 것 같은……."

"힘드신 줄은 알았습니다."

"어쩌면 내가 자네 전생의 은인이었는지도 모르겠군. 이 생애에서 자네에게 이런 은혜를 받는 걸 보면."

"당치 않습니다."

"이번에는 뮤지컬 신동을 도왔다고?"

스승이 물었다. 아드리안과 루퉁 등, 많은 사람들이 그를 위문하고 있었다. 그러니 쉼터에서 일어나는 일을 모르는 것도 이상한 일.

"그저 밥맛의 ABC를 맞춰준 것뿐입니다."

"참 신기하군. 자네의 솜씨……."

스승의 눈이 천정으로 향했다.

"중국에서 그런 쉐프를 본 적이 있네. 척 보면 상대의 입맛을 알아내는. 어찌나 놀라운지 그 비법을 배운답시고 그 사람 옆에서 3개월 넘게 보조를 한 적이 있었어."

"그래서요?"

"그 사람은 체형으로 입맛을 파악하더군. 우리나라의 사상체질처럼……."

"아!"

그것도 일리가 있었다.

다 그런 것은 아니지만 보통, 살집이 풍후한 사람은 기름진 음식을 좋아한다. 반면 마른 사람들은 그 반대. 그러나 그런 적용은 빗나가는 경우가 많았다.

엄청난 대식가 중에는 거구도 많지만 예상 밖으로 깡마른 사람도 있었다. 작년도 햄버거 먹기 챔피언 역시 그랬다.

"아드리안 말로는 2주방 자리에 레스토랑이 생길 수도 있겠다던데?"

"그런 말이 오가고는 있습니다."

"손 쉐프 생각은?"

"기회가 주어지면 한번 도전하고 싶습니다."

"도전이라니? 손 쉐프는 이미 그 정도 솜씨가 아니야."

"그보다 선생님, 만약 그곳에 레스토랑 허가가 나면 어떤 요리를 다뤄야 좋을까요?"

"허헛, 그걸 나한테 묻는단 말인가? 자네 머릿속에 이미 있을 일을……."

"처음에는 호텔식 퓨전 음식을 선보일까 생각도 했는데 노숙자 쉼터라는 이미지와도 안 어울리고……."

"생각한 메뉴가 뭔가?"

"그래서 라오스 방식을 생각해 보았습니다."

"뉴욕의 라오스?"

"예! 레스토랑이 가능해진다면 소탈하게 몇 개의 테이블만 놓고 피시앤칩스를 취급하면서 위화감 없이 어울리고 싶습니다. 대신 특별한 요리를 원하는 분들에게는 예약을 받으면……."

"자네의 피시앤칩스라면 프랑스 3대 요리에 못지않겠지. 가격 대비 맛 말일세."

"괜찮을까요?"

"나는 무조건 찬성이네. 정든 노숙자들도 소외감 느끼지 않을 소재고."

"응원해 주셔서 고맙습니다."

"하지만 당장 챙길 건 뉴욕 일 아닌가?"

"그렇잖아도 그 일도 선생님 조언이 필요하기도 해서……."

"뉴욕 인터내셔널 에이드라……. 그건 나도 금시초문이라네."

"여섯 쉐프들을 초청한다고 들었습니다. 그리고 세 끼의 식사……. 마지막에 남은 한 팀에게 상금 1만 불과 함께 지원국 의견을 낼 수 있는 기회를 준다네요."

"요리의 주제는?"

"그게 참석자들이 그때그때 정해준다고……."

"쉽지 않겠군."

"아무래도 그렇겠죠?"

"단체의 성격상 상상 이상의 메뉴가 나올 수도 있겠네. 가령 한국식으로 생각한다면 천 원 밥상이라든가 아니면 어린이를 위한 메뉴, 가난을 주제로 하거나 그 반대 등등……."

"그럴 수도 있겠군요."

장태는 고개를 끄덕거렸다.

역시 스승의 눈은 달랐다. 지원금 위원회 멤버들은 재벌급 사업가들. 그것에만 포커스를 맞추던 장태였다. 하지만 스승의 말에 격한 공감이 갔다.

―1달러짜리 식사!

―어린이를 위한 메뉴!

참가한 쉐프의 마음을 시험해 보기에 맞춤할 주제들이었다.

"뭐든 자네는 잘해낼 거야. 가장 낮은 곳의 사람들 요리를 해봤지 않나? 쉐프들 중에는 그 반대는 많아도 자네 같은 사람은 드물 테니까."

"선생님……."

"나는 여기서 지켜보겠네. 마음으로……."

"내일 세준의 선배가 온다고 합니다. 선생님 정밀진단을 위해……."

"연락이 왔었네."

"선생님께도 행운을 기대합니다."

"나는 이미 행운 빵빵한 사람일세. 죽을 목숨을 건졌으니 더 바랄 게 뭘까?"

"……."

"그러니 내 걱정일랑 다 접어버리고 가서 보여주시게. LA 노숙자 쉼터의 성자 쉐프가 어떤 사람인지."

스승의 손이 장태 어깨를 짚었다. 주전자를 박차고 나오는 뜨거운 증기처럼 스승의 마음이 포근하게 건너왔다. 장태의 마음은 자꾸 편해지고 있었다.

누군가 믿어주는 사람이 있다는 것.

그 또한 맛난 요리를 눈앞에 둔 것만큼이나 행복한 일이었다.

*　　　　*　　　　*

"쉐프, 잘하고 오세요!"

"형, 파이팅입니다!"

공항으로 떠나기 전 장태의 두 제자가 응원을 해주었다.

"나 없다고 티격태격하지 말고."

"걱정 마세요, 손리 선배님 잘 모시고 있을 테니까요."

세준이 웃었다.

"며칠 동안은 톰 아저씨 도우면 될 거야."

"우리 걱정은 말라니까요."

손리의 목소리는 여전히 씩씩했다.

"어서 가시게. 뉴욕은 시차가 있어. 두 친구는 내가 제대로 굴려줄 테니까."

스톡을 만들다 나온 톰이 갈 길을 재촉했다.

"그럼 다녀오겠습니다."

아드리안에게 인사를 하는 것을 마지막으로 장태는 트럭에 올랐다. 오늘도 변함없이 아드리안의 픽업이었다. 작은 차를 타고 가면 기가 죽는다. 그의 고마운 지론이었다.

챙긴 건 타오. 그리고 이번에는 하나가 더 있었다. 바로 씨간장. 검은 다이아몬드처럼 아끼는 것이지만 일부를 덜어내 품었다.

무려 1억 불이 걸린 판이니 아주 긴요하게 쓰이길 기대하면서.

"쉐프, 잘 다녀오세요!"

트럭이 출발할 때 안나의 모습이 보였다. 직업교육을 받는다고 잘 보이지 않던 그녀까지 시간을 내준 것이다. 안나는 열심히 달려와 뭔가를 내밀었다.

"맛은 없을 거예요. 가면서 먹으세요."

그녀가 내민 건 샌드위치였다. 푸근하고 달달한 냄새와 함께 안나의 마음이 고스란히 전해져왔다.

"잘 먹을게요."

장태는 손을 흔들어 고마움을 전했다.

안나…….

사온 걸까?

그렇겠지. 주방에 들어오지 않은 그녀가 어디서 이런 걸 만들었을까?

"이거 드세요!"

장태는 절반을 잘라 기사의 입에 넣어주었다. 남은 절반은 장태의 입으로 들어갔는데…….

'응?'

몇 번 우물거리던 장태, 샌드위치 맛에 놀라 저작을 멈췄다. 낯선 맛이었다. 아주 조용하고 담담한 맛. 하지만 씹을수록 여운이 남는 맛.

'이런 건 가정식 샌드위치인데…….'

그녀 누군가의 팬을 빌려 직접 만들어온 건가? 남은 조각을 보니 안나의 수고가 고스란히 느껴졌다. 장태는 손에 묻은 부스러기까지 아낌없이 먹어치웠다.

LA에서 뉴욕까지!

3시간의 시차가 있는 곳이다. 그러나 낯설지 않았다. 뉴욕에는 바로 미국 요리사의 사관학교로 불리는 CIA가 있었다. 장태의 모교이기도 한 그곳이!

—뉴욕의 하이데 파크.

—캘리포니아의 세인트 헬레나.

—그리고 텍사스의 샌안토니오.

CIA는 세 곳에 캠퍼스를 가지고 있었다. 입학하려면 영어가 받쳐 줘야 한다. 그런 면에서 장태는 유리했다. 어린 시절을 미국에서 나고 자란 까닭에 영어는 그리 딸리지 않았던 것.

그러나 그 과정은 험난한 현기증의 연속이었다.

'그땐 정말 속된 말로 겁 대가리 완전 상실이었지.'

대망을 품고 들어간 CIA. 그러나 장태, 그 자신이 얼마나 보잘 것없는 존재인지를 깨닫는 데는 1주일이면 충분했다. 한 조로 묶인 아이들. 일단 칼 소리부터 기를 죽게 만들었다.

톡—톡—톡!

이게 장태가 쓰는 소리라면,

다닥다다닥다다다다!

그들의 칼질은 마치 준마를 달리는 소리처럼 들렸다. 소리만 요란한 게 아니었다. 12종 채소 테린 같은 걸 만들라치면, 장태가 한두 가지 채소 다듬느라 버벅거릴 때 그들은 이미 다른 과정으로 넘어가고 있었다.

동서양 요리의 벽은 그렇게 두텁고 높았다.

'질 줄 알고?'

급한 마음에 따라가다 보면 결과는 언제나 부상이었다.

억, 하면 손가락을 베이고.

헉, 하면 손을 데었다.

특히 그놈의 냄비. 소테 팬과 냄비들…….

손잡이부터 다른 그것들은 한국 습관에 물은 장태의 강적이었다. 주로 오븐을 이용하는 서양 요리는 냄비들까지 손잡이가 쇠였다. 통째로 오븐에 넣기 때문에 한국처럼 나무나 플라스틱을 사용할 수 없는 것. 무의식에 손잡이를 턱 하고 잡으면…….

치이익!

고기 익는 냄새가 났고,

영락없이 손이 익어나갔다.

손을 데면, 요리사는 할 일이 없어진다. 자신의 요리를 할 수 없는 것이다. 그래도 장태는 멈추지 않았다. 화상 연고가 없으면 치약을 바르고 붕대를 감고, 그 위에 일회용 폴리 글러브를 끼고서, 얇은 장갑으로 마무리한 후에 수업에 임했다.

독종!

자연스럽게 장태의 별명은 그렇게 정해졌다. 같은 조에 속한 엘버스가 붙여준 선물이었다.

'지금도 그곳에는……'

각국에서 몰려든 예비 쉐프들의 꿈이 맛나게 익어가고 있겠지?

장태는 벽돌색 모교 건물을 떠올렸다. 그 안에서 익고 굽고 찌고 볶고 혹은 타면서 단련되었던 친구들…….

"탑승을 시작하겠습니다."

긴 상념을 깨고 탑승 멘트가 흘러나왔다. 장태는 가방을 들고 일어섰다.

그때는 멋모르는 예비 쉐프였었다.

하지만 지금은 달랐다.

특히 오늘은, 1억 불의 선택권이 걸린 일. 돈을 생각하니 티켓팅을 위해 늘어선 사람들이 죄다 요리 접시로 보였다. 1억 불로 요리를 만들면…….

'여기서 한국까지 늘어놓을 수 있을까?'

지이잉!

맛난 상상을 하는 사이에 티켓 바코드 읽히는 소리가 들렸다.

'뉴욕아, 내가 간다.'

장태는 연결 통로로 이어지는 걸음에 박차를 가했다.

*　　　　*　　　　*

플레전트 애비뉴 114번가 모퉁이. 제퍼슨 공원에서 마주 보이는 곳. 빨간색 벽에 널찍한 유리창.

장태가 뉴욕에서 첫 시선을 던진 건 바로 저 유명한 '라오스' 레스토랑이었다.

물론, 뉴욕에는 유수한 레스토랑이 많았다. 그러나 그중에서도 톱은 단연코 라오스였다.

출입문 창턱에는 최강의 섹시 스타 마돈나 상이 서 있다. 그러나 마돈나는 월요일의 테이블을 얻지 못했다. 빌 클린턴도 그랬다. 자리는 40여 석. 거대한 저택보다 라오스의 월요일 테이블을 더 가치 있게 생각하는 사람마저 생기게 만든 라오스의 마력과 인기. 그런 레스토랑. 그건 쉐프라면 누구든 동경할 만한 일이었다.

"쉐프가 되면 저 옆에다 레스토랑 낼 거다. 그래서 실력으로 라오스를 무너뜨릴 거야."

"나는 틈새시장을 노려야겠어. 라오스에 테이블을 얻지 못한 명사들……."

어느 여름날, 장태와 함께 몰려왔던 동기들이 했던 말이다. 그때 장태도 생각했었다.

언젠가는!

그 언젠가는 저보다 더 유명한 레스토랑을 내겠다고. 그리하여 장태의 요리 생각에 잠 못드는 사람들을 지구 곳곳에 만들겠다고.

'손장태⋯⋯.'

스스로 이름을 불러보았다. 안으로 부른 이름은 자부심이 되어 심장으로 후끈하게 몰려들었다.

쿵쾅, 쿵쾅!

요동을 친다. 잘하고 있다고. 노력하다 보면 반드시, 그곳에 이르게 될 거라고.

장태는 돌아섰다.

졸업과 함께 스승 강형규를 홀연 찾아 떠났던 뉴욕. 그곳에 다시 장태의 그림자가 드리워지는 순간이었다.

"이어, 쉐프 손!"

약속 장소에는 디바바가 먼저 와 있었다. 뉴욕 뒷골목의 작은 거리 레스토랑이었다.

"오래 기다렸나요?"

"아닙니다. 한 10분 되었나?"

"죄송합니다. 오랜만에 왔더니 볼 게 많아서⋯⋯."

"CIA에 갔던 겁니까?"

디바바의 손에는 우연히도 피시앤칩스가 들려 있었다. 한 조각 물어뜯었음에도 아직 모락모락 김이 뿜어져 나왔다.

"하나 더 시킬까요?"

"제가 시키죠."

장태가 일어섰다. 피시앤칩스. 사실 특별할 것도 없었다. 하지만 그 특별한 것도 없는 요리도 맛은 천차만별이었다.

"괜찮죠?"

접시를 비워낸 디바바가 물었다.

"예, 바삭하고 담백하네요."

그래인 오브 파라다이스에 파슬리와 마조람…….

장태는 안에 들어간 스파이스의 정체를 벗겨냈다. 튀긴 기름도 깔끔했다. 최상은 아니지만 다시 찾을 수 있는 맛이었다.

"소감 어때요?"

디바바는 싱글벙글이다. 그러고 보니 그는 늘 웃는 상이었다.

"조금 떨리는데요?"

"그래요? 떨리는 건 난데……."

"디바바가요?"

"왜 이러십니까? 쉐프 손이야말로 LA의 히어로 아닙니까? 햄버거 패티 사건 읽어보니 여간해서는 꿈쩍도 않을 배포던데……."

"욱!"

마지막 생선 튀김을 밀어 넣던 장태, 갑자기 구토 증세를 나타냈다.

"쉐프 손!"

"하핫, 장난입니다. 햄버거 패티……. 다시 생각하고 싶은 사건이 아니거든요."

"아, 쏘리……."

"그건 그렇고 그 인터내셔널 에이드가 여기 어딘가 보죠?"

"맞아요? 바로 쉐프 손 뒤쪽!"

디바바가 손으로 하늘을 가리켰다. 장태는 앉은 채 고개를 꺾었다. 보였다. 거목처럼 하늘로 솟구친 고층 빌딩. 너무 높아 목이 부러질 것 같은 느낌까지 들었다.

"멀리 갈 것 없잖아요? 어차피 열릴 역사인데……."

"열릴 역사요?"

"솔직히 1억 불이 욕심나기는 하는데 그동안 생각을 바꿨어요. 그냥 요리로 즐기기로……."

"……."

"내가 어렵게 살아와서 그런지 너무 비장하면 빗나가더라고요. 그래서 그냥 하던 대로 낙천적으로 임하려고요."

"좋은 생각이네요."

"그럼 진격할까요?"

"좋죠. 어떤 쉐프들이 왔는지 구경도 하고……."

"한 가지 알려줄 게 있어요."

"뭐죠?"

냅킨을 집던 장태가 돌아보았다.

"뭐 차차 알게 되겠지만 3식 대결 과정은 전부 블라인드 심사예요."

'블라인드?'

"그러니까 누가 참가했는지는 알 수 없어요. 알게 되는 건 단한 팀뿐이죠. 마지막 과정에서 살아남은 상대방……."

"요리도 분리된 공간에서 한다는 건가요?"

"예!"

"……?"

"참가 쉐프들을 고려해 주는 거죠. 서로 모르게 대결함으로써 패자의 불명예도 지켜주려는⋯⋯. 뭐, 사실 유명한 쉐프들의 실력이야 종이 한 장 차이잖아요."

"그렇긴 하죠."

"저기 너머 하얀 빌딩 보이죠?"

"네⋯⋯."

"거기 대형 식품점이 있어요. 과제가 나오면 주로 저기로 가야 해요."

"식재료를 우리가 직접 사는 건가요?"

"나 때는 그랬어요. 저곳 외에도 두 군데가 더 있는데 거기를 가도 상관은 없지요."

"시간은요?"

"넉넉하지는 않지만 모자라지도 않습니다. 방향만 빨리 정하면요."

"CIA 생각이 나는데요? 아주 흥미롭군요."

"그럼 가시죠."

디바바가 앞장을 섰다. 그 뒤를 따라가던 장태, 건물 뒷문으로 들어가려던 디바바의 팔을 잡아 세웠다.

"왜요?"

"정문으로 가죠."

"정문? 그건 빙 돌아가야 하는데⋯⋯."

"그래도요. 기왕이면 당당한 게 좋잖아요."

"당당?"

"한국말에 그런 게 있거든요. 군자는 대로행. 큰일을 할 사람은 큰길로 다니라는 거죠."

"오, 그거 멋진 말이군요. 군자는 대노앵."

발음은 엉기지만 표정은 씩씩한 디바바. 그를 따라 정문 앞에
도착한 장태는 비로소 가슴을 펴고 건물을 올려보았다.

'그놈 잘생겼다.'

건물에게 인사를 한 장태, 현관을 향해 진격하기 시작했다.

"쉐프 관리와 지원을 책임진 웨인입니다."

안내 데스크의 컴퓨터에서 디바바가 비번을 입력하자 관리자
가 나왔다. 빈틈없는 관리는 감탄은 자아내기에 충분해 보였다.

"모시겠습니다."

웨인은 장태와 디바바에게 엘리베이터를 권했다. 건물은 총
42층. 엘리베이터가 멈춘 곳은 39층이었다.

"이쪽으로!"

웨인이 복도를 걸었다. 다른 빌딩과는 좀 다른 구조였다. 공간
이 원형으로 배치된 것. 들어가는 문도 각각 달랐다.

"두 분 숙소는 이 방입니다."

문이 열리자 초록과 자색으로 인테리어를 꾸민 방이 드러났
다.

"그리고……."

방 중간에 달린 문을 열자 주방이 보였다. 주방… 딱 2인용
주방이었다. 그러나 기구는 이것저것 고루 갖추어져 있었다. 스
파이스와 올리브유 등의 기본적인 것들도 다 눈에 띄었다.

"오븐 요리부터 숯불 요리까지 다 할 수 있도록 준비가 된 방

입니다."

웨인이 주방을 가리켰다. 커다란 스톡 냄비가 보였다. 오븐도 위풍당당……. 그 앞으로 간 장태는 오븐을 열어보았다. 상태는 깔끔했다.

"받으시죠."

웨인이 카드를 내밀었다.

"쉐프 손이 받아요."

디바바가 장태 등을 밀었다.

"주제가 나오면 식재료는 알아서 구매하세요. 단 가장 많은 비용을 쓴 팀은 요리가 최고점을 받는다고 해도 탈락입니다. 나아가 구매 과정에서의 부정행위도 탈락입니다. 예를 들면 구매점 업주와 결탁해 뒷구멍으로 비용을 치르고 조금 적어낸다든지 하면……."

웨인이 룰을 알려주었다. 함부로 낭비하지 말라, 잔머리 굴리지 말라는 뜻이었다.

"첫 번째 과제가 나왔나요?"

디바바가 물었다.

"첫 번째 과제는 해장 요리입니다."

웨인은 기다렸다는 듯이 대답했다.

"해장 요리?"

장태가 고개를 들었다.

"이분들 오늘 저녁에 사업 계획을 토의하면서 술 좀 마실 모양입니다. 그래서 첫 결정권을 가진 분이 정한 주제입니다. 쉐프들 믿고 마음껏 마시고 싶다고……."

해장 요리!

첫 번째 과제는 그것이었다.

"그럼 시작하시죠. 스톡은 직접 만들어 쓰셔야 하니……."

웨인은 바로 시작을 알렸다.

"다른 팀들은 다 왔습니까?"

디바바의 질문이 이어졌다.

"물론이죠. 룰에 대한 자세한 사항은 침실 테이블에 있습니다. 참고로 말하자면 시작 시간은 자유지만 끝나는 시간은 엄격합니다. 마감 벨이 울리면 1분 안에 여기 올려놓으셔야 합니다. 그렇지 않으면 탈락입니다. 이게 혼자 올라갈 테니까."

웨인, 구석 작은 장치를 가리켰다. 이어 핸드폰을 터치하자 유리막이 씌워지는 것과 동시에 위로 올라가 버렸다. 요리 운반용 원격 엘리베이터. 그것이었다.

"시식 장면은 여기 노트북으로 보시면 됩니다. 거기 보이는 이미지처럼 각 쉐프들의 팀에는 고유 번호가 있는데… 두 분은 넘버 포, 4번이군요. 위원들께서는 식사 후에 가장 마음에 든 요리 접시에 코인을 올려놓게 될 겁니다. 코인은 위원당 각 2개씩 12개. 가장 적은 코인을 받은 두 팀이 탈락하게 되고……. 코인이 동수인 경우에는 입력한 재료비가 적은 편을 승자로 삼습니다. 그리고 결과는 저기에 붉은 등으로 켜질 겁니다."

웨인이 벽 중앙의 등을 가리켰다. 붉은 등과 초록 등. 어느 것이 켜지냐에 따라 희비가 갈리는 것이다.

"질문 사항 있나요?"

웨인이 물었다.

"혹시 위원님들을 볼 수 있나요?"

장태가 손을 들었다.

"첫 요리가 나오면 볼 수 있을 겁니다. 화면에 나올 테니까요."

웨인이 잘라 말했다.

"그럼 필요한 게 있으면 언제든지 불러주시길······."

그는 꾸벅 목 인사를 하고 돌아섰다.

"내가 왔을 때랑 똑같아요."

디바바가 어깨를 으쓱해 보였다. 조금은 실망이었다. 위원들을 볼 수 없다니? 그렇다면 오방색을 읽는 건 포기였다.

"감이 좀 와요?"

웨인의 발소리가 멀어지자 디바바가 물었다.

"글쎄요."

"어쩌면 우리가 요리하는 것도 위원들이 보고 있을지도 모릅니다."

디바바의 시선이 천정으로 향했다. 천정에는 별다른 카메라가 보이지 않았다. 하지만 찾을 필요는 없었다. 진짜 쉐프라면 손님이 보든 말든 상관할 일이 아니었다. 오히려 봐달라고 퍼포먼스를 하는 쉐프도 있으니까.

"아무튼 쉐프 손만 믿어요."

디바바가 장태를 바라보았다.

"저도 마찬가지입니다."

부드럽게 이어지는 장태의 응수.

"우리 잘해보자고요."

디바바가 손을 내밀자 장태는 그 손에다 대고 힘찬 울림으로 하이 파이브를 해주었다.

"가시죠. 채소나 생선, 치킨 스톡은 몰라도 송아지 스톡을 내려면 서둘러야겠네요."

"그럴까요?"

디바바의 의견을 장태가 받았다. 때로 요리는 시간과의 싸움이 되는 경우가 많았다. 그렇다면 어떻게든 시간을 세이브시키는 것이 좋았다.

해장 요리!

대형 식품점으로 가면서 둘은 해장국에 대한 의견을 나누었다. 당장 재료를 구입해야 하기 때문이었다.

"에티오피아에는 어떤 해장국이 있나요?"

장태가 먼저 물었다.

"음… 우리나라에는 해장국이 없습니다."

'엥?'

없다고?

"미안하지만 에티오피아 사람들은 과음을 하지 않거든요. 극히 일부 계층을 제외하고는 그만한 여력도 없고요."

"아, 그렇군요. 미안합니다."

"아뇨. 사실 이 미션이 나오자마자 참 다행이라는 생각이 들었습니다."

다행?

"코리아는 술 강국이잖아요? 러시아와 더불어 쌍벽을 이룬다고 들었어요. 고급 위스키 수입량도 어마어마하고 길거리 식당은 죄다 술집이라는… 그 또 뭐죠? 소맥?"

디바바가 하얀 이를 드러내며 장태를 바라보았다. 신뢰감이 가득한 눈빛이지만 장태는 몹시 부담스러웠다.

젠장!

아프리카 출신들까지 이런 걸 다 알고 있다니……

"뭐 코리안이라고 다 술을 좋아하는 건 아니에요."

장태, 일단 수습부터 했다.

"당연하겠죠. 아프리카 사람들 코리안 좋아해요. 새마을운동… 최고예요."

디바바가 엄지를 세워보였다. 이제는 외국으로 수출(?)까지 하는 새마을운동. 그것도 기억하는 디바바였다.

"그래도 해장 요리를 배우긴 했을 거 아닙니까?"

장태도 집요하게 질문을 이어갔다. 그는 쉐프다. 그냥 쉐프도 아니다. 헤븐 LA를 주관한 쉐프에다 이미 이곳을 경험한 사람이 아닌가? 게다가 지금까지 그의 고객 중에서 해장 요리를 원한 사람이 없었을 리도 없었다.

"프레리 오이스터는 당연히 할 줄 알지요. 멕시코 풍의 '조개와 새우 샐러드'도 해봤어요."

프레리 오이스터. 미국식 해장 요리다. 단어는 들판의 굴이라는 뜻으로 계란을 지칭한다. 제조법은 아주 간단하다.

레시피를 보면…….

1) 계란 노른자 1개.

2) 우스타 소스 1티스푼.

3) 토마토 케첩 1티스푼.

4) 비네거 적량.

5) 후추 적량.

일단 난황을 깨지지 않게 컵에 넣고 그 뒤에 2) 3) 4) 5)를 넣는다. 그런 다음 노른자가 터지지 않게 꼴깍 삼키면 끝이다.

효과?

장태에게는 그저 그랬다. 노른자가 목을 넘어가면서 살짝 개운한 느낌이 오지만 양이 적다. 속이 확 풀릴 정도는 결코 아니었다.

하지만 이 땅은 미국. 한국인의 기준으로 판단할 일은 아니었다. 요리에는 그 나라의 정서와 문화가 묻어 있으므로.

"독일의 청어절임도 해보긴 했어요. 전에 같이 일하던 쉐프가 독일인이었거든요."

"청어절임요?"

"롤몹스라고 소금과 식초에 절인 청어를 피클 양파에 싸서 먹는 건데 독일에서는 해장 요리 식단을 카터프뤼흐슈튁(Katerfruhstuck)로 부른다고 했어요."

롤몹스…….

그 또한 장태가 잘 알고 있었다. 짭쫄 새콤한 청어에 상큼한 피클……. 잠시 위의 고난을 잊을 수 있는 조합이었다.

그 외에도 각국의 해장 요리는 많았다. 그중에서도 한국과 유사한 것을 들라면 루마니아의 소내장탕과 이라크의 염소 머리국이 꼽힌다. 특히 소내장탕은 걸쭉한 모양이 한국의 닭개장 등과 비슷하기도 했다.

"코리아에는 어떤 게 있나요? 내가 아는 건 반주라고 들었는데……."

"반주요?"

"코리안 쉐프는 당신이 처음이라. 전에 한 코리안 사업가께서 그랬거든요. 해장에는 반주가 최고라고."

허얼!

어이가 없었다. 이래서 한국인, 외국에 나가면 그 자신이 바로 외교관이다. 제대로 알려주지 않으면 왜곡된 정보를 남기는 것이다.

"반주도 해장이라고 할 수는 있어요. 네덜란드의 찬 맥주처럼요."

"아, 반주가 술이었군요."

"반주의 주자가 술이라는 뜻이거든요. 코리아에 해장 요리는 아주 많아요. 하지만……."

잠시 말을 더듬는 장태. 허장성세다. 가짓수는 많지만 디바바가 한마디로 알아들을 만한 대표 요리가 없는 것이다.

―콩나물국!

―물메기탕!

―대합탕!

―북어국!

―뼈해장국!

―북어와 한 글자가 다른 복어국!

―시원한 김칫국물!

―심지어는 얼큰한 라면까지!

장태 아버지의 경우에는 시원한 오이 몇 개를 우적우적. 이런
저런 경우를 나열해 보지만 좋은 수 같지는 않았다.

　'위원들을 볼 수만 있어도……'

　장태의 주특기 식성 오방색 읽기. 그로 인해 파악할 수 있는
손님의 취향과 선호 음식. 그걸 모른 채 임하려니 오히려 답답해
졌다. 아는 지식을 써먹을 수 없는 상황. 모르느니만 못한 순간
에 직면해 버린 것이다.

　어쨌든 한 가지는 확실했다.

　이 난관을 헤치고 나가야 한다는 것.

　첫 과제에서 보따리를 쌀 수는 없지 않은가?

『궁극의 쉐프』 4권에 계속…